아기였을 때.

꼬마 때 한껏 치장하고.

밍고라에서 동생 쿠샬과 함께.

쿠샬과 책을 읽으며.

친할아버지와 쿠샬. 밍고라의 집에서.

쿠샬과 샹글라의 폭포 앞에서.

눈 내리는 날 밍고라에서.

밍고라의 집에서. 막내 동생 아탈의 생일파티.

동생들과 배드민턴을 치며.

아름다운 스와트 계곡.

스와트에 남아 있는 불교 유적 중 하나.

파즐울라에게 기부하는 사람들.

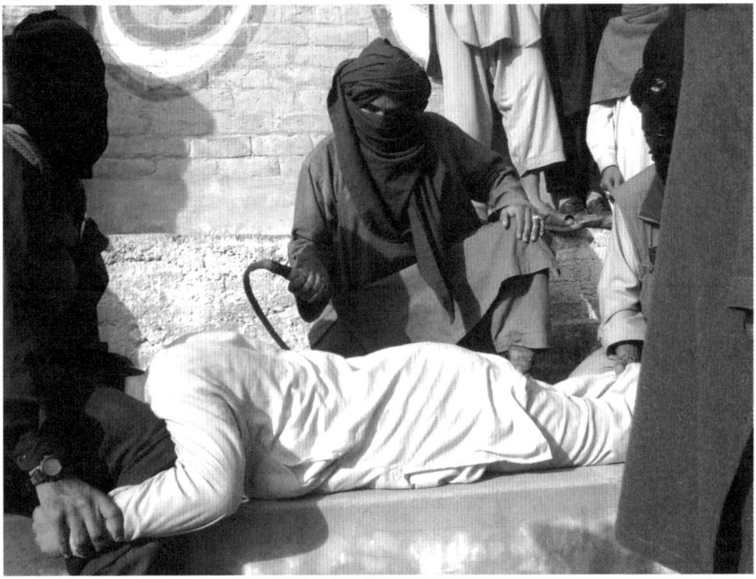

탈레반의 태형 집행 모습.

일등 상을 받으며.

친구들과 학교에서 연극 공연을 하며.

학교에서 받은 트로피들.

열두 살 때 그린 그림. 국내 난민이 되고 스와트로 돌아온 직후
종교를 초월한 화합을 소망하는 마음을 담았다.

나는 거의 매해 반 대표로 선출되었다.

쿠샬 학교의 과학 경시대회 풍경.

파키스탄을 건국한 무함마드 알리 진나의 묘지 앞에서.

스와트의 화이트 팰리스에서 아버지와 함께.

탈레반에 의해 폭파된 학교.

내가 총격을 당할 때 타고 있던 학교 버스.

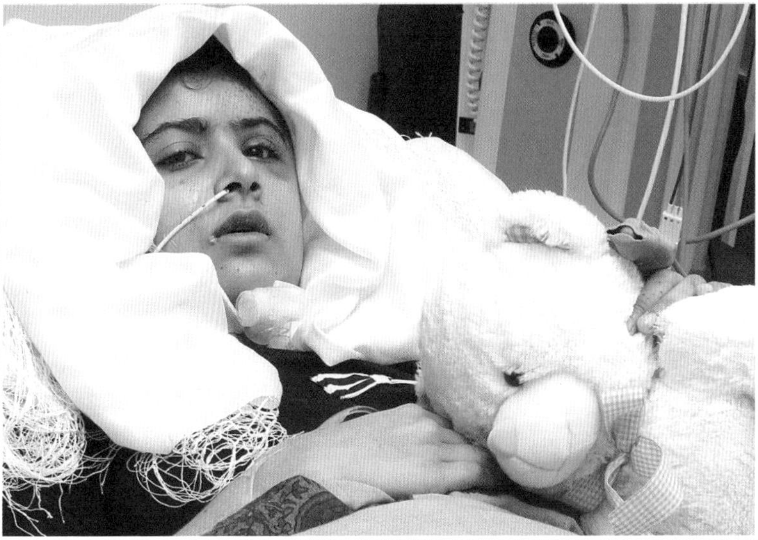

버밍엄 병원에서의 처음 며칠.

전 세계에서 내게 보내온 편지들.

병원에서 책을 읽으며 시간을 보냈다.

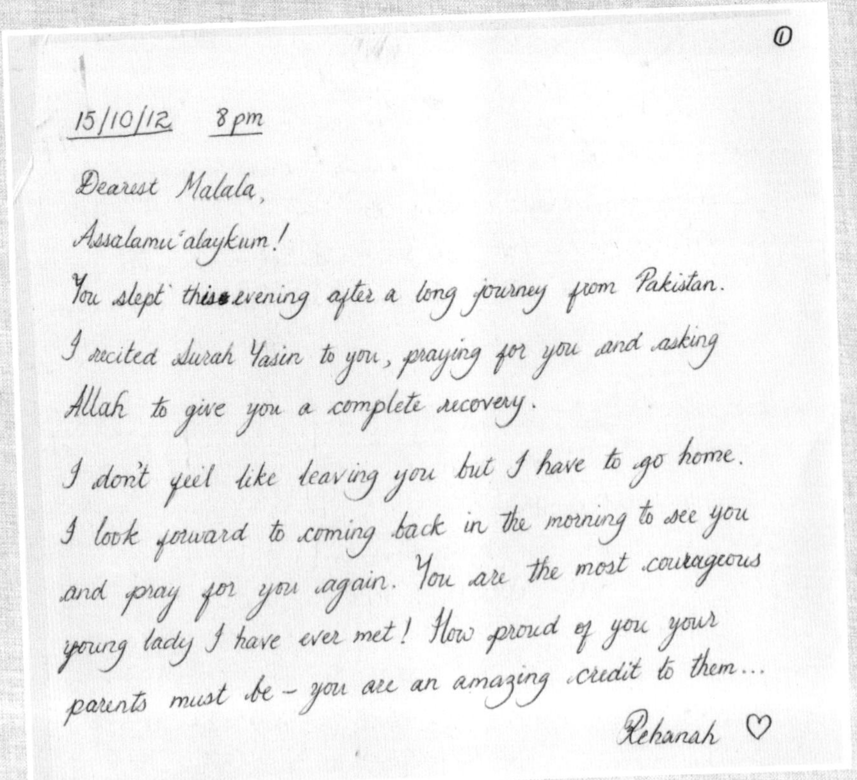

①

15/10/12 8 pm

Dearest Malala,

Assalamu'alaykum!

You slept this evening after a long journey from Pakistan. I recited Surah Yasin to you, praying for you and asking Allah to give you a complete recovery.

I don't feel like leaving you but I have to go home. I look forward to coming back in the morning to see you and pray for you again. You are the most courageous young lady I have ever met! How proud of you your parents must be - you are an amazing credit to them...

Rehanah ♡

병원의 사람들은 나에게 편지를 써 주었다. 처음 받은 편지.

친구들은 쿠샬 학교에 내 자리(맨 오른쪽)를 비워 두었다.

메카에서 아버지와 아탈과 함께.

열여섯 번째 생일에 하게 된 유엔 연설. 유엔은 그날을 '말랄라의 날'로 선포하였다.

유엔 본부에서.(왼쪽부터 부크 예레미치 유엔 총회 의장,
반기문 사무총장, 고든 브라운 교육특사)

요르단의 난민 캠프에서.

시리아 난민들과 둘러앉아
평화를 위해 기도하며.

아버지와 시자 샤히드와 함께
시리아 아이들에게
학용품을 건네주며.

버밍엄의 새 집에서, 가족과 함께.

청 소 년 을 위 한

나는 말랄라

I Am Malala

I AM MALALA(Young Reader's Edition)
by Malala Yousafzai

사진 출처

교육받을 권리를 위해 당당히 일어서 세상을 변화시킨 **한 소녀의 이야기**

청소년을 위한

나는 말랄라

I Am Malala

말랄라 유사프자이·퍼트리샤 매코믹 지음
박찬원 옮김

문학동네

교육받을 기회가 없는 전 세계 어린이들에게
용기 있게 교육을 계속하고 있는 선생님들에게
인권과 교육을 위해 싸우는 모든 이들에게
이 책을 바칩니다.

파키스탄 스와트와 주변 지역
20 kms
스와트
아프가니스탄
바자우르
상글라
카르샤트
마타
바르카나
샤흐푸르
밍고라
알푸리
이맘 데리
(파즐울라의 본부)
말라칸드
타지키스탄
중 국
실질통제선
카불
마르단
토라보라
아보타바드
카슈미르
페샤와르
이슬라마바드
라왈핀디
아 프 가 니 스 탄
와지리스탄
칸다하르
라호르
쿠에타
파 키 스 탄
인 도
이 란
N
카라치
0
100
200
300 miles
0
200
400 kms
아라비아 해

차례

프롤로그 11

1부 탈레반이 오기 전

01 새처럼 자유롭게 23
02 꿈 36
03 마술 연필 42
04 신의 경고 47
05 첫 번째 직접적 위협 51

2부 곁에 드리운 그림자

06 라디오 물라 59
07 스와트의 탈레반 65
08 아무도 안전하지 않다 75
09 하늘에서 떨어지는 사탕 80
10 2008년, 테러리즘의 두려움 85

3부 나의 목소리를 찾아서

11 의견을 말할 기회 95
12 굴 마카이의 일기 100
13 수업 끝 111
14 비밀 학교 117
15 평화일까? 122
16 난민 130
17 집으로 140
18 소박한 소원과 이상한 평화 144
19 마침내 좋은 소식 148

4부 테러의 목표가 되다

20 죽음의 위협 155
21 봄의 약속 159
22 불길함 163
23 평범한 어느 날 168

5부 새로운 생활을 시작하다

24 버밍엄이란 곳 175
25 문제와 해결 182
26 수많은 질문 188
27 시간 보내기 193
28 이제 우리 모두 여기에 199
29 기억의 빈 곳 채우기 206
30 세계 곳곳에서 도착한 메시지 216
31 좋기도 하고 슬프기도 한 날 219
32 기적 224
33 이 새로운 곳 229
34 우리 모두가 아는 한 가지 236
35 기념일 242

에필로그 그 수많은 사람들 중 한 소녀 247

감사의 인사 253
말랄라 펀드에 대하여 255
파키스탄, 스와트 지역 주요 사건 연보 257

프롤로그

눈을 감으면 내 방이 보인다. 정돈되지 않은 침대 위 아무렇게나 젖혀 놓은 내 푹신한 이불도. 그날 나는 시험에 늦지 않기 위해 급하게 서둘렀다. 책상 위 시간표가 2012년 10월 9일자에 펼쳐져 있다. 그리고 우리 학교 교복인 흰색 샬와르와 파란색 카미즈*가 옷걸이에 걸린 채 나를 기다리고 있다.

동네 아이들이 우리 집 뒷골목에서 크리켓을 하는 소리도 들리는 듯하다. 멀지 않은 곳에 있는 시장의 왁자지껄 소리도. 귀를 기울이면 옆집 사는 내 친구 사피나가 내게 비밀 이야기를 하려

* 품이 여유가 있는 긴 셔츠와 헐렁한 바지로 이루어진 전통 복장을 말한다. 샬와르가 상의, 카미즈가 하의이다. 남녀 모두 입는다.

고 똑똑똑 벽을 두드리는 소리도 들을 수 있을 것이다.

밥 끓는 구수한 냄새가 난다. 남동생들이 리모컨을 서로 차지하려고 싸우는 소리도 들린다. TV 화면은 레슬링 프로그램 〈WWE 스맥다운〉과 만화 사이를 왔다 갔다 하고 있다. 곧 내 애칭을 부르는 아버지의 굵고 낮은 목소리가 들린다.

"자니."

자니. 페르시아어로 사랑하는 사람이라는 뜻이다.

"요즘 학교는 잘 굴러가니?"

아버지가 학교 생활에 대해 묻고 있었다. 내가 다니는 쿠샬 학교는 아버지가 설립한 학교이다. 아버지가 그렇게 물을 때면 나는 늘 그 질문을 문자 그대로 해석해 대답하곤 했다.

"아바,* 학교는 굴러가는 게 아니라 그 자리에 서 있는 거죠!"

잘 되고 있다는 이야기를 나는 그렇게 표현했다.

그날 아침, 나는 파키스탄의 우리 집을 나섰고, 학교가 끝나는 대로 곧 돌아와 다시 이불 밑으로 들어갈 생각이었지만, 지금 이렇게 멀고 먼 곳에 와 있다.

사람들은 지금 내가 고향 집으로 돌아가는 것이 너무 위험하다고 말한다. 결코 돌아가지 못할 거라 말하는 이들도 있다. 그렇

---

* 아바는 파슈토어로 아버지를 다정하게 부르는 말이다. 파슈토어는 아프가니스탄과 파키스탄 서북부 지역에 퍼져 사는 파슈툰족의 언어이다.

기에 나는 상상 속에서 집으로 돌아가곤 한다.

그러나 이제 다른 가족이 그 집에 살고, 다른 소녀가 내 방에서 잠을 자며 나는 수천 킬로미터 멀리 떨어진 곳에 있다. 내 방의 다른 물건들은 그다지 신경이 쓰이지 않지만 책꽂이의 트로피들은 궁금하다. 가끔 꿈에서도 그 트로피들을 본다. 내가 처음 나갔던 웅변대회에서 준우승을 해서 받은 트로피, 그리고 시험에서 전교 일등을 했거나 토론대회, 각종 경시대회에서 우승을 해서 받은 황금 컵과 메달까지 마흔다섯 개가 넘는다. 어떤 사람들에겐 그냥 플라스틱으로 만든 싸구려 장식품으로 보일 수도 있고, 또 어떤 사람들에겐 단순히 성적이 좋아 받은 상으로만 보일 수도 있다. 하지만 나에게 그것은 그 운명적인 날 내가 집을 나서기 전 사랑했던 생활을, 나라는 아이를 떠올리게 해 주는 추억의 물건들이다.

감았던 눈을 뜨면 나는 새 침실에 있다. 영국의 버밍엄이라는 축축하고 추운 도시, 견고한 벽돌집 안에 있는 방이다. 이 집에서는 수도꼭지만 틀면 원하는 대로 더운물, 찬물이 나온다. 물을 데우기 위해 시장에 가서 가스통을 사다 나를 필요가 없다. 이 집에는 커다란 방이 여러 개 있고 윤이 나는 원목 바닥 위에 커다란 가구들과 정말 아주 커다란 TV도 있다.

나무가 많은 평온한 교외에 자리 잡은 이 마을에는 거의 아무런 소리가 들리지 않는다. 아이들의 웃음소리도, 어른들의 시끌

벅적한 소리도 없다. 아래층에서 동네 여인네들이 어머니와 함께 채소를 다듬으며 수다를 떠는 소리도 들리지 않는다. 남자들이 담배를 피우며 정치 이야기로 열변을 토하는 소리도 없다. 하지만 간혹 나는 두꺼운 벽 너머로 가족 중 누군가가 고향을 그리워하는 소리를 들을 수 있다.

그때 아버지가 현관문을 벌컥 열고 들어오고, 아버지의 목소리가 집 안을 울린다.

"자니! 오늘 학교 어땠니?"

이젠 말장난을 하지 않는다. 아버지는 아버지가 운영하고 내가 다니던 학교에 대해서는 묻지 않는다. 그리고 아버지 목소리에는 내 대답이 들리지 않을까 봐 두려워하는 마음이 묻어난다. 왜냐하면 불과 얼마 전, 나는 죽을 뻔했기 때문이다. 단지 내가 학교 갈 권리에 대해 당당히 이야기했다는 이유로.

지극히 평범한 날이었다. 나는 열다섯 살, 9학년이었다. 전날 밤 시험공부를 하느라 매우 늦게까지 깨어 있었다.

새벽닭이 우는 소리를 들었지만 나는 잠에서 깨지 못했다. 근처 사원에서 아침 기도 시간을 알리는 소리가 울려 퍼졌지만 나는 이불 아래로 더 파고들었다. 아버지가 와서 나를 깨우는 소리도 못 들은 척했다.

그때 어머니가 들어와 부드럽게 내 어깨를 흔들었다.

"일어나렴, 피쇼."

피쇼는 파슈토어로 고양이라는 뜻이다.

"7시 30분이다. 이러다 지각하겠다."

그날은 파키스탄 역사 시험이 있었다. 그래서 나는 신에게 짧은 기도를 올렸다.

"당신의 뜻이라면, 제발 제가 일등을 하게 해 주세요."

나는 속삭이며 덧붙였다.

"아, 그리고 지금까지 제가 잘할 수 있었던 것 감사합니다!"

나는 차와 함께 달걀 프라이 한 입과 차파티*를 꿀꺽꿀꺽 삼키다시피 먹었다. 막내 동생 아탈이 그날 아침 유난히 심통을 부리고 있었다. 아탈은 내가 여성 교육권을 옹호하는 일로 세상의 주목을 받고 있는 것이 불만이었고, 아버지는 아침 식탁에서 아탈을 놀리고 있었다.

"말랄라가 언젠가 총리가 되면 네가 누나 비서를 하면 되겠네."

귀여운 장난꾸러기 아탈이 화가 난 척 소리쳤다.

"싫어요! 누나가 내 비서를 해야지!"

이런 농담을 주고받느라 더 늦게 된 나는 아침을 먹다 말고 달려 나가야 했다. 골목길을 뛰어 내려가니 막 학교 버스가 보였고

---

* 이스트를 넣지 않고 밀가루와 물로 만든 납작한 빵.

버스는 등교하는 학생들로 가득 차 있었다. 그 화요일 아침, 버스에 올라탄 나는 집 쪽을 돌아보지도 않았다.

학교까지는 금방이었다. 강을 따라 난 도로를 달리면 오 분밖에 걸리지 않는 거리였다. 나는 제시간에 도착했고, 시험 보는 날은 여느 때처럼 그렇게 지나갔다. 우리가 살던 밍고라는 혼잡한 도시였다. 자동차 경적 소리와 공장 소음이 우리를 에워쌌지만 우리는 숨죽이고 집중한 채 시험지 위에 고개를 숙이고 조용히 시험을 치렀다. 시험이 다 끝나자 나는 피곤했지만 기뻤다. 시험을 잘 봤다는 것을 알 수 있었다.

"다음 버스 타자."

가장 친한 친구인 모니바가 말했다.

"그럼 수다 좀 더 떨다가 갈 수 있잖아."

우리는 언제나 학교에 남았다가 늦게 배차되는 버스를 타는 걸 좋아했다.

며칠 전부터 나는 뭔가 나쁜 일이 일어날 것만 같은, 이상한 기분을 느끼고 있었다. 어느 날 밤엔 죽음에 대해 생각하기도 했다. 죽는다는 건 과연 어떤 것일까? 나는 궁금했다. 내 방에 혼자 있던 나는 메카 쪽을 향하며 신에게 물었다.

"사람이 죽으면 어떻게 되나요? 어떤 느낌인가요?"

내가 죽을 때 그것이 어떤 느낌인지 사람들에게 들려줄 수 있으면 좋겠다고 생각했다.

"말랄라, 너도 참 실없는 애다."

나는 혼잣말을 했다.

"죽었는데 어떻게 사람들에게 얘기를 하니."

그날 잠들기 전 나는 신에게 한 가지 소원을 더 빌었다.

"제가 잠시만 죽었다가 깨어날 수 있을까요? 그럼 사람들에게 어떤 느낌인지 말해 줄 수 있을 거예요."

그러나 다음 날 밝고 환하게 아침이 찾아왔고, 그다음 날도, 그리고 그다음 날도 늘 환한 아침이 나를 맞았었다.

시험을 잘 봤다는 것을 자신한 그때, 그동안 내 머리 위에 그늘을 드리우던 구름이 걷혔다. 그래서 모니바와 나는 우리가 늘 하던 일을 했다. 수다를 떨기 시작한 것이다. 얼굴에 무슨 크림을 발라? 그 남자 선생님은 대머리 치료를 받은 거야? 오늘 시험은 끝났지만 내일 시험은 얼마나 어려울까?

학교 버스가 도착하자 우리는 계단을 뛰어 내려갔다. 평소처럼 모니바와 다른 여학생들은 교문을 나가기 전에 스카프로 얼굴과 머리를 가린 후 기다리고 있던 버스에 올라탔다. 그리고 역시 평소처럼 버스 기사는 마술을 보여 주며 우리를 즐겁게 해 주었다. 그날의 마술은 조약돌이 사라지는 마술이었고, 우리는 아무리 애를 써도 그 마술의 비밀을 알아낼 수 없었다.

여학생 스무 명과 선생님 두 사람은 버스 안에 세 줄로 놓인 긴 의자에 나란히 붙어 앉았다. 덥고 끈끈한 날이었고 차 옆면에는 유리창 대신 누렇게 바랜 비닐이 펄럭이고 있었다. 우리는 그렇게 밍고라의 혼잡한 거리를 덜컹거리며 달렸다.

하지바바 로드에는 화려한 색깔의 릭샤들과 늘어뜨린 옷을 입은 여자들, 스쿠터를 탄 남자들이 뒤섞여 각기 차들 사이로 경적을 울리며 달리거나 이리저리 걸어 다니고 있었다. 우리는 주인이 닭 머리를 치고 있는 닭집을 지나갔다. 아이스크림콘을 파는 소년과 모발 이식 광고판도 지나갔다.

모니바와 나는 이야기를 하느라 정신이 없었다. 나는 친구가 많았지만 모니바는 그중에서도 정말 마음이 잘 통하는 친구였고, 모니바에게는 무슨 이야기든 다 했다. 그날 우리는 이번 학기에 누가 가장 성적이 좋을지에 대해 이야기를 했고, 그때 아이들 중 누군가 노래를 부르기 시작해서 나머지 아이들도 모두 함께 불렀다.

우리가 리틀자이언트 과자 공장을 지나 우리 집에서 불과 삼 분밖에 떨어지지 않은 도로에 접어들었을 때 버스가 속도를 줄이며 멈춰 섰다. 밖이 이상할 정도로 조용했다.

"오늘 너무 조용하네. 사람들이 다들 어디 있는 거지?"

내가 모니바에게 말했다. 그리고 그다음은 전혀 기억나지 않는다. 사람들이 내게 들려준 이야기는 다음과 같다.

흰색 옷을 입은 젊은 남자 두 사람이 우리 버스 앞으로 걸어

왔다.

"이거 쿠샬 학교 버스요?"

그중 한 남자가 물었다. 기사는 웃음을 터뜨렸다. 학교 이름이 버스 옆면에 검은 글씨로 크게 쓰여 있었기 때문이다.

다른 남자가 버스 뒤편으로 와서 우리가 앉아 있는 쪽으로 몸을 기울였다.

"말랄라가 누구냐?"

그가 물었다. 아무도 대답을 하지 않았지만 몇몇 아이가 내 쪽을 쳐다보았다. 그가 총을 올려 나를 겨냥했다. 아이들 몇 명이 비명을 질렀고 나는 모니바의 손을 꼭 잡았다.

말랄라가 누구냐고?

내가 말랄라이고, 이것이 나의 이야기다.

1부

탈레반이 오기 전

01

새처럼 자유롭게

내 이름은 말랄라다. 평범한 소녀지만 내게는 특별한 재주가 있다.

나는 이중관절이어서 자유롭게 손가락과 발가락을 뒤로 꺾을 수 있다.(내가 관절을 꺾을 때 사람들이 당황해하는 것을 보면 재미있다.) 나는 나보다 나이가 두 배 많은 사람과 팔씨름을 해도 이길 수 있다. 컵케이크는 좋아하지만 사탕은 좋아하지 않는다. 가지와 피망은 싫어하지만 피자는 좋아한다. 나는 〈트와일라잇〉에 나오는 벨라가 너무 변덕스럽다고 생각하며, 왜 벨라가 따분한 에드워드를 선택했는지 이해할 수가 없다. 파키스탄의 내 친구들과 나는 이야기하곤 했다, 에드워드는 벨라를 전혀 행복하게 해 주지 않는다고.

그리고 나는 화장과 장신구에 별로 관심이 없다. 여자다운 편은 아니다. 그래도 내가 제일 좋아하는 색깔은 분홍색이고, 예전엔 거울 앞에 서서 한참 동안 머리 모양을 이리저리 바꾸어 보곤 했었다. 더 어렸을 때는 피부를 하얗게 만들려고 꿀과 장미수, 물소 젖을 발라 보기도 했다.(물소 젖을 얼굴에 바르면 지독한 냄새가 난다.)

나는 남학생 가방을 열어 보면 늘 엉망진창이고, 남학생 교복은 더러울 거라 얘기한다. 이건 내 의견이 아니라 그냥 누구나 아는 사실이다.

나는 파슈툰 사람이다. 파슈툰은 아프가니스탄과 파키스탄 지역에 퍼져 사는 자부심 강한 부족이다. 아버지 지아우딘과 어머니 토르 페카이는 산간 마을 출신이지만 결혼 후 파키스탄 북서쪽에 위치한 스와트 계곡의 가장 큰 도시인 밍고라에 정착했고, 이곳에서 내가 태어났다. 스와트는 아름다운 고장으로 이름났으며, 높은 산과 초록이 우거진 언덕, 수정처럼 맑은 강을 보기 위해 전 세계에서 관광객들이 찾아온다.

내 이름은 용기 있는 행동으로 전쟁에서 파슈툰 남성들의 애국심을 고취시킨 파슈툰의 위대한 젊은 여자 영웅 '말랄라이'의 이름에서 따온 것이다.

하지만 나는 전쟁을, 싸움을 믿지 않는다. 두 살 터울 남동생 쿠샬이 지독하게 나를 괴롭혀도 내 쪽에서는 동생과 싸우려 하지 않는다. 다만 뉴턴이 말했듯 모든 일에는 작용과 반작용의 힘이 작용하기에 쿠샬이 내게 싸움을 걸면 받아 주기는 한다. 우리는 TV 리모컨을 놓고 싸웠고, 심부름을 서로에게 미루려고 싸웠다. 누가 더 우수한 학생인지, 누가 마지막 남은 과자를 먹을지, 생각할 수 있는 건 무엇이든 싸움거리가 되었다.

막내 동생 아탈은 쿠샬보다는 덜 성가셨다. 아탈은 우리가 크리켓 공을 줄 바깥으로 내보내도 공을 곧잘 쫓아갔다. 하지만 아탈은 제멋대로 경기 규칙을 만들어 내곤 했다.

내가 어렸을 때 남동생들이 하나씩 생기기 시작하자 나는 신께 기도를 드렸다.

"신이시여, 얘네 둘을 보내기 전에 제 의견을 물어보지 않으셨네요. 제가 어떻게 느끼는지 대답해 드릴게요. 때때로 이 아이들은 상당히 귀찮게 굽니다."

내가 공부를 하려 하면 동생들은 아주 시끄럽게 떠들어 댔다. 아침에 양치질을 하고 있으면 욕실 문을 두드려 댔다. 그래도 나는 동생들과 화해를 했다. 최소한 우리는 함께 크리켓 경기를 할 수 있었으니까.

파키스탄에 있을 때 우리 셋은 집 주변 골목길들을 토끼처럼 이리저리 뛰어다니곤 했다. 우리는 술래잡기를 했고, '망고망고'라는 웃음 참기 게임, '친다카'라고 부르는 사방치기, 도둑잡기놀이도 했다. 때로 우리는 아무 집이나 벨을 누른 후 도망치는 장난도 했다. 하지만 우리가 제일 좋아한 것은 크리켓이었다. 우리는 집 근처 골목이나 우리 집의 평평한 옥상에서 밤낮을 가리지 않고 크리켓을 했다. 제대로 된 크리켓 공을 살 수 없을 때는 오래된 양말에 잡동사니를 채워 공으로 썼고, 분필로 벽에 위켓*을 그렸다. 아탈이 제일 어렸기 때문에 공이 옥상 밖으로 떨어지면 주우러 가는 것은 아탈의 몫이었다. 어떨 땐 이웃 아이들의 공을 가져오기도 했다. 그럴 때면 아탈은 당돌한 웃음을 머금고 어깨를 으쓱하며 말하곤 했다.

"어때서? 쟤네도 어제 우리 공 가져갔단 말이야!"

어쨌든 사내아이들은 사내아이들이었다. 사내아이들 대부분은 여자아이들만큼은 교양이 없다. 그래서 동생들과 사내아이처럼 놀 기분이 아닐 때면 아래로 내려가 우리 집과 사피나 집 사이에 있는 담장을 두드렸다. 두 번 두드리기, 그것이 우리의 암호였다. 사피나도 대답으로 담을 두드릴 것이다. 우리는 벽돌 한 장을 옆으로 밀어 담에 구멍을 만들고, 그 구멍 앞에서 이야기를 나누었다. 때로는 우리 집이나 사피나의 집에서 TV를 함께 보았다. 우리가 가장 좋아하는 TV 프로그램은 마술 연필을 가진 소년에 대한 이야기 〈샤카 라카 붐 붐〉이었다. 신발 상자에 성냥개비와

---

* 키 작은 기둥 세 개를 세워 만든 문. 크리켓에서 스트라이크존과 비슷한 역할을 한다.

헝겊 조각으로 작은 인형의 집을 만들기도 했다.

사피나는 내가 여덟 살 때부터 함께 논 친구였다. 나보다 두 살 어렸지만 우리는 아주 친했다. 그런데 한번은 사피나가 너무 심하게 군 적이 있었다. 아버지가 내게 사 준 분홍색 플라스틱 장난감 휴대전화가 있었는데 내가 가장 좋아하는 물건이자 유일한 장난감이었던 그 전화기가 없어졌다.

그날 오후 사피나 집에 갔더니 사피나가 그 전화기와 똑같은 것을 가지고 있지 않은가! 사피나는 그 전화기가 자기 것이며 시장에서 샀다고 말했다. 하지만 난 그 말을 믿지 않았고, 너무 화가 나서 제대로 판단을 할 수가 없었다. 그래서 사피나가 보지 않을 때 사피아의 귀걸이를 몰래 가져왔다. 다음 날은 목걸이를 가져왔다. 나는 장신구를 좋아하지 않았지만 그런 행동을 멈출 수가 없었다.

며칠 후 집에 오니 어머니가 몹시 화가 나 있었고 내 얼굴을 쳐다보려 하지도 않았다. 내 방 벽장에서 내가 훔친 물건들을 발견하고, 사피나에게 돌려주었던 것이다.

"사피나가 먼저 내 물건을 훔쳤단 말이에요!"

내가 말했다. 어머니는 냉정했다.

"네가 언니잖니, 말랄라. 모범을 보여야지."

나는 내 방으로 가 부끄러움에 어쩔 줄 몰라 했다. 더 끔찍한 것은 아버지가 집에 올 때까지 길고 긴 시간을 기다리는 일이었다. 용기 있는 교장 선생님이었던 아버지는 내 영웅이었고, 나는 아버지의 자니였다. 아버지가 내게 실망할 게 두려웠다.

하지만 아버지는 목소리를 높이지도 않았고 나를 꾸짖지도 않았다. 이미 내가 심한 자책을 하고 있다는 것을 알았기에 굳이 야단을 칠 필요가 없었다. 대신 아버지는 위대한 영웅들도 어렸을 때 실수를 하곤 했다는 이야기를 들려주며 나를 위로했다. 마하트마 간디 같은 위대한 평화주의자나, 파키스탄을 건국한 무함마드 알리 진나 같은 영웅들도 그랬다는 것이다. 아버지는 할아버지에게서 들은 이야기를 내게 전해 주었다.

"심지어 선지자라도 아이였을 때는 아이일 뿐이다."

나는 우리 파슈툰의 삶을 지배하는 규범인 파슈툰왈리를 생각했다. 이 규범에는 바달이란 것이 있다. 한 사람이 다른 사람에게서 모욕을 받았으면 모욕으로, 죽임을 당했으면 죽임으로, 반드시 되갚아야 한다는 복수의 전통이다. 그래서 나도 똑같은 행동으로 복수를 했던 것이다. 그런데 훨씬 씁쓸한 기분이었다. 나는 다시는 바달을 따르지 않겠다고 맹세했다.

나는 사피나와 사피나의 부모님에게 사과했다. 나는 사피나도 내게 사과를 하고 내 전화기를 돌려주길 바랐지만 사피나는 한 마디도 하지 않았다. 새로운 맹세를 지키는 일이 아주 어렵다고 느꼈지만 그래도 나는 그 일을 다시 언급하지 않았다.

사피나와 나는 곧 다시 친구가 되었고, 다른 동네 아이들과 어울려 뛰어다니며 술래잡기를 하곤 했다. 그 무렵 우리는 시내 중심에서 멀리 떨어진 지역에 살고 있었다. 집 뒤편 풀이 우거진 공터에는 사자 조각상과 기둥이 부러진 오래된 사리탑들이며 거대한 우산처럼 보이는 커다란 석상 등 신비로운 불교 유적들이 수백 개 있었다. 우리는 그곳에서 여름이면 숨바꼭질 놀이를 했고, 겨울이면 눈사람을 만들었고, 그러다 어머니가 부르는 소리가 들리면 집으로 달려가 우유와 소두구*를 넣은 뜨거운 차를 마시곤 했다.

내가 기억하는 한 우리 집은 늘 이웃, 친척, 아버지의 친구 등 사람들로 북적였다. 우리 부모님의 고향인 산간 지역이나 인근 도시에서 끊임없이 사촌들이 밀려들었다. 우리가 처음 살았던 조그만 집에서 이사를 해서 마침내 '내 방'을 갖게 된 후에도 나 혼자 그 방을 쓴 날은 드물었다. 바닥에서 늘 사촌 누군가가 잠을 잤다. 손님을 잘 접대하는 것이 파슈툰왈리에서 가장 중요한 규범이었기 때문이다. 파슈툰 사람은 항상 손님을 위해 문을 열어두어야 한다.

우리 어머니와 여자들은 집 뒤편 베란다에 모여 음식을 하며 웃고 새 옷과 보석, 이웃 다른 여자들에 대한 이야기를 나눴고,

* 생강과인 카르다몸 열매로 만든 향신료.

아버지와 남자들은 사랑방에 앉아 차를 마시며 정치 이야기를 했다.

나는 종종 아이들의 놀이에서 빠져나와 여자들의 공간을 살금살금 지나 남자들이 모인 곳으로 가곤 했다. 내게는 그곳이 신나고 중요한 뭔가가 일어나는 곳처럼 보였기 때문이다. 그 뭔가가 정확히 무엇인지 몰랐지만, 나는 묵직한 남자들의 세계에 이끌렸다. 나는 아버지 발치에 앉아 그들이 나누는 대화에 빠져들곤 했다. 나는 남자들이 정치 이야기 하는 것을 듣는 일이 좋았다. 그 가운데 앉아, 스와트 계곡 저 너머 커다란 세상에 관한 얘기에 흠뻑 빠져드는 것이 좋았다.

사랑방을 나와 여자들 사이에도 잠시 있어 보곤 했는데 여자들 세계의 광경과 소리는 달랐다. 더 부드럽고 은밀한 속삭임이었다. 때로는 호호 웃음소리가 흘러나오기도 했고, 가끔씩 요란하고 떠들썩한 웃음이 터져 나오기도 했다. 하지만 무엇보다 놀라운 것은 여자들이 스카프와 베일을 벗고 있는 모습이었다. 립스틱과 헤나로 화장을 한 예쁜 얼굴과 길고 검은 머리는 아주 아름다워 보였다.

여자들은 거의 매일 푸르다*를 지키며 살았다. 우리 어머니를 포함해 어떤 이들은 니카브라고 하는 길게 드리운 스카프로 얼

* 여성이 집 안에서 남성과 격리되어 지내거나, 외출할 때 스카프나 베일을 쓰는 일.

굴을 가렸고, 어떤 사람들은 부르카라고 하는 치렁치렁한 옷을 입어 머리와 얼굴을 완전히 가리고 눈마저 드러내지 않았다. 심지어 검은 장갑과 양말을 신어 피부가 전혀 보이지 않도록 하는 여자들도 있었다. 아내는 남편과 나란히 걷지 못하고 몇 발짝 뒤에서 따라가야 했다. 여자가 남자와 마주쳤을 때는 시선을 아래로 낮추도록 강요당했다. 함께 놀던 친구들이 사춘기가 되자마자 베일 뒤로 사라지는 것 역시 보아 왔다.

그랬기에 여자들이 밝게 빛나는 얼굴을 드러낸 채 편안하게 이야기를 나누는 모습은 완전히 새로운 세계였다.

나는 부엌에서는 별로 도움이 되지 않는 아이였다. 채소를 썰다가도, 설거지를 하다가도 틈만 있으면 빠져나오려 했다. 부엌에서 도망치듯 나오며 항상 숨어서 사는 느낌이 어떤 것일까 나는 궁금했다.

얼굴과 몸을 가리고 사는 일은 불공평하게, 그리고 불편하게 보였다. 어릴 때부터 나는 부모님에게 다른 여자아이들은 어떻게 하고 살든 나는 결코 그런 식으로 얼굴을 가리지 않을 것이라 말하곤 했다. 어머니는 신앙심이 깊고 전통적인 사람이어서 내 말에 충격을 받았다. 친척들은 내가 매우 대담하다고 말했고, 당돌하다고 말하는 사람도 있었다. 하지만 아버지는 내게 바라는 대로 할 수 있을 것이라 말해 주었다.

"말랄라는 새처럼 자유롭게 살 거야."

아버지는 사람들에게 그렇게 말하곤 했다.

그래서 나는 밖으로 달려 나가 다른 아이들과 함께 어울려 놀 수 있었다. 나는 특히 연날리기 시합을 좋아했다. 남자아이들은 상대방의 연줄을 능숙하게 자르곤 했다. 연날리기는 예측할 수 없는 탈출과 낙하의 반전으로 가득한 신나는 게임이었다. 나는 하늘을 나는 연을 보며 아름답다고 생각했고, 한편 그렇게 예쁜 연들이 바닥으로 털썩털썩 떨어지는 것이 슬프기도 했다. 어쩌면 곤두박질치는 연을 보면 내가 여자라는 이유만으로 맞이하게 될 미래가 떠오르기 때문인지도 몰랐다.

나는 아버지의 말에도 불구하고 나와 사피나가 더 나이를 먹으면 남자형제들을 위해 음식을 하고 청소를 하게 될 것임을 알고 있었다. 우리는 의사가 될 수는 있었다. 여자 환자를 돌볼 여자 의사가 필요하기 때문이다. 그러나 우리는 변호사나 기술자, 패션 디자이너, 예술가, 우리가 꿈꾸는 어떤 다른 것들은 될 수 없었다. 우리는 남자 친척이 동행하지 않으면 집 밖으로도 나갈 수 없게 될 것이다.

나는 남동생들이 연을 날리기 위해 옥상으로 뛰어 올라가는 것을 바라보며 내가 실제로 어디까지 자유로워질 수 있을까 생각하곤 했다.

그러나 그때도 내가 아버지에게는 눈에 넣어도 아프지 않은 소중한 자식이란 것을 알고 있었다. 파키스탄의 딸들에겐 매우 드문 일이었다.

파키스탄에서는 아들이 태어나면 축하할 일로 여긴다. 하늘에 대고 축포를 쏜다. 아기 침대에 선물들이 쌓이고 아들의 이름을 족보에 올린다. 그러나 딸이 태어나면 그 집에는 축하 손님이 찾아오지 않으며, 딸을 낳은 여인은 오직 친정어머니의 위로만을 받을 뿐이다.

하지만 아버지는 그런 관습에 전혀 신경 쓰지 않았다. 나는 우리 가문 족보에서 남자들 이름 사이에 파란색 잉크로 적힌 내 이름을 보았다. 여자 이름이 족보에 오른 것은 300년 만에 처음이었다.

어린 시절 아버지는 내 이름을 따온 그 유명한 파슈툰 영웅에 대한 노래를 불러 주곤 했다.

"오, 마이완드의 말랄라이여, 다시 한번 일어나 파슈툰인들이 명예의 노래를 이해하도록 해 주소서. 당신의 시로 세상을 바꾸어 주소서. 바라건대 다시 한번 일어나소서."

어렸을 때 나는 이 노랫말을 전혀 이해하지 못했다. 하지만 커 가면서 말랄라이가 영웅이며 본받을 만한 인물인 것을 알게 되었고 나는 그에게서 뭔가 배우고 싶었다.

내가 다섯 살 때 글을 배우기 시작하자 아버지는 친구들에게 자랑을 하곤 했다.

"얘 좀 보게. 아주 크게 될 아이야."

나는 부끄러워하는 척했지만 내게 아버지의 칭찬은 언제나 세상에서 가장 중요한 것이었다.

나는 다른 면에서도 보통 여자아이들과 비교하면 운이 좋았다. 아버지가 학교를 운영했기 때문이다. 칠판과 분필 외에는 별것 없는 소박한 학교였고 냄새 나는 강 바로 옆에 있었지만 내게는 낙원과도 같은 곳이었다.

부모님 말에 의하면 나는 말도 하기 전부터 아장아장 빈 교실로 걸어 들어가 선생님 흉내를 내곤 했다고 한다. 아기 말로 뭔가를 가르치는 시늉을 했고, 때로는 수업 시간에 더 나이 많은 아이들과 함께 앉아 아이들이 배우는 모든 것에 귀 기울이며 감탄하는 표정을 짓기도 했다는 것이다. 커 가면서 나는 매일 학교에 등교하는 여학생들이 입고 오는 교복을 입고 싶어 했다. 하얀색 샬와르와 짙은 파란색 카미즈, 머리에 쓰는 하얀 스카프가 우리 학교의 교복이었다.

아버지는 내가 태어나기 삼 년 전 학교를 열었다. 아버지는 교사이자 경리이자 교장이었으며 수위와 목수와 기술 책임자 역할도 했다. 아버지는 사다리를 올라가 전등을 갈았고, 펌프가 고장 나면 우물 아래로 내려갔다. 우물 아래로 사라지는 아버지를 보며 나는 아버지가 다시는 올라오지 못할 것이라 생각해 울기도 했다.

그 당시에는 몰랐지만 지금은 그때 돈이 넉넉하지 못했음을 알게 되었다. 임대료와 교사들 봉급을 지불하고 나면 음식 살 돈도 충분치 못해 저녁거리가 없을 때도 종종 있었다. 그럼에도 학교는 우리 아버지의 꿈이었고, 우리는 그 꿈을 함께 실현해 가고 있는 것에 모두 행복했다.

드디어 내가 학교에 입학할 나이가 되었을 때 나는 정말이지 뛸 듯이 기뻤다. 나는 학교에서 자랐다고 해도 과언이 아니다. 학교는 나의 세상 전부였고, 나의 세상 전부는 학교였다.

02

꿈

매년 봄과 가을, 큰 이드와 작은 이드* 축제 기간 동안 우리 가족은 내가 세상에서 가장 좋아하는 곳 중 하나인 샹글라를 방문했다. 샹글라는 우리 부모님이 자라난 산간 마을이다. 친척들에게 줄 선물들(수놓은 숄, 장미며 피스타치오 과자가 든 상자들, 그리고 시골에서는 구할 수 없는 의약품 등)을 가득 들고서 밍고라 버스 터미널로 가면 도시의 거의 모든 사람들이 모여들어 북적대며 버스를 기다리고 있었다.

---

* 일 년에 두 번 있는 이슬람의 축제이다. 큰 이드는 선지자 아브라함이 그의 아들 이스마일을 기꺼이 신에게 바치려 했던 마음을 기념하는 날이며 작은 이드는 라마단 금식 기간의 마지막 날이다. 이 두 축제의 날짜는 초승달이 뜨는 모습을 지켜보는 특별 성직자들이 발표한다.

우리는 선물을 버스 지붕 위에 실었다. 거기엔 밀가루 부대, 설탕 자루, 담요, 트렁크 등 다른 사람들이 가져가는 짐들도 층층이 높다랗게 쌓여 있었다. 짐을 실은 우리는 버스 안에 비좁게 끼어 앉아 바퀴 자국 깊게 팬 구불구불한 길을 따라 네 시간의 여정을 시작했다. 처음 사분의 일 정도는 스와트 강을 따라 깎아지른 듯한 절벽을 굽이굽이 가야 하는 도로였다. 남동생들은 절벽 아래 떨어져 있는 부서진 차들을 가리키며 아주 재미있어 했다.

버스는 점점 더 높이 산길을 올랐고 그러면 공기가 차갑고 상쾌해졌다. 그렇게 오르다 보면 보이는 것이라곤 오로지 첩첩 산뿐이었다. 산, 산, 산, 그리고 그 사이로 보이는 하늘 한 조각.

샹글라에 사는 많은 사람들이 매우 가난했고, 그곳엔 병원이나 상점 같은 현대적인 시설도 없었다. 그럼에도 친척들은 늘 우리가 도착하면 크게 잔치를 열어 주곤 했다. 라마단* 기간이 끝나는 날인 작은 이드 날이기에 더욱 반가웠다. 닭고기와 밥, 시금치와 양고기, 먹음직스러운 커다란 사과, 예쁜 노란색 케이크, 우유를 넣은 달콤한 차가 담긴 큰 주전자 등이 푸짐하게 차려졌다.

---

* 이슬람력의 아홉 번째 달로, 내적 성찰을 하는 기간. 이슬람교도는 라마단 기간 동안 해가 떠 있는 시간에는 금식한다.

내가 겨우 일고여덟 살이었을 때도 친척들은 나를 아는 것 많은 도시 아이로 여겼고, 내 사촌들은 내가 맨발로 다니는 것을 좋아하지 않고 자기들처럼 집에서 만든 옷이 아닌 시장에서 산 기성복을 입었다고 놀리곤 했다. 말투에도 도시의 억양이 있었고 도시의 속어를 썼기 때문에 그들은 내가 현대적이라 생각했다. 하지만 그건 그들이 제대로 알지 못했기 때문이었다. 페샤와르나 이슬라마바드 같은 진짜 도시 사람들은 완전히 정반대로, 나를 촌뜨기로 생각했을 것이다.

나는 샹글라에 있는 동안은 시골 소녀의 생활을 했다. 닭이 울 때나 아래층에서 여자들이 남자들 아침식사를 준비하느라 그릇을 딸그락거리는 소리가 들리면 잠에서 깨어 일어났다. 그즈음이면 동네 아이들도 모두 아침을 맞이하기 위해 집 밖으로 쏟아져 나왔다. 우리는 벌집에서 직접 꿀을 따서 먹었고 녹색 자두에 소금을 뿌려 먹었다. 책이나 장난감을 가진 사람이 없었기 때문에 우리는 사방치기를 하고 좁다란 길에서 크리켓을 했다.

오후가 되면 남자아이들은 낚시를 갔고 여자아이들은 시냇가에 가서 우리가 가장 좋아하는 결혼식 놀이를 했다. 한 아이를 신부로 뽑고 그 아이를 위한 결혼식 준비를 하는 것이다. 신부가 된 아이에게 치렁치렁 팔찌를 끼우고 목걸이를 걸어 주었고, 얼굴에는 화장품을, 손에는 헤나를 발라 주었다. 신랑에게 신부를 건넬 준비가 되면 신부는 우는 척을 했고, 우리는 신부의 머리를 쓰다듬으며 걱정하지 말라고 위로했다. 그러다 우리는 웃음을 터뜨리며 쓰러지기도 했다.

그러나 산간 지방에서의 삶은 결코 쉽지 않았다. 제대로 된 상점도, 대학도, 병원도, 여자 의사도, 정부에서 제공하는 깨끗한 물과 전기도 없었다. 많은 남자들은 마을을 떠나 멀고 먼 타지로 나가 도로 공사 현장이나 광산에서 일하며 고향으로 돈을 보냈다. 다시 돌아오지 못한 남자들도 있었다.

시골의 여자들 역시 집 밖으로 나갈 때는 얼굴을 가려야 했고, 가까운 친척이 아닌 남자와는 만나서도, 말을 해서도 안 되었다. 글을 읽을 수 있는 여자는 아무도 없었다. 우리 어머니도 이 마을에서 자랐기에 글을 읽을 줄 몰랐다. 우리나라에서 여자가 문맹인 것은 보기 드문 일이 아니었지만 자존심 강하고 현명한 어머니가 시장에서 가격표를 읽을 줄 몰라 고생하는 것은 우리 모두에게 슬픔이었다.

내 사촌들 대부분을 포함해 시골 마을에 사는 소녀들은 거의 학교에 다니지 않았다. 딸은 아예 가족의 소중한 일원이 아니라고 생각하는 아버지들도 있었다. 딸들은 어린 나이부터 시집을 가 남편 가족과 살 것이기 때문이다.

"왜 계집애를 학교에 보내? 집에서 살림만 할 건데."

남자들은 그렇게 말하곤 했다.

나는 나보다 나이가 많은 사람들에겐 절대 말대답을 해서는 안 되었다. 우리 문화에서는 연장자가 설사 틀렸다고 할지라도 반드시 존경을 표해야 했다.

이 땅에서 여자들의 삶이 얼마나 힘든지 보면서 나는 혼란스러웠고 슬펐다. 왜 우리나라에서는 여자들을 그렇게 푸대접하는 것일까?

아버지에게 묻자 아버지는 탈레반*이 장악하고 있는 아프가니스탄에서는 여자들이 더 힘든 삶을 살고 있다고 말했다. 그곳의 여학교는 불에 타 파괴되었고, 여자들은 모두 가장 엄격한 형태의 베일인 부르카를 착용해야 한다고 했다. 머리에서 발끝까지 가리고 눈이 있는 곳만 작은 망사를 댄 복장이다. 여자들은 큰 소리로 웃어서도 안 되고 손톱에 매니큐어를 칠해도 안 되며, 남지 가족을 동반하지 않고 혼자 다니면 매를 맞거나 감옥에 가야 한다고 했다.

나는 그 이야기를 들으며 몸을 떨었고, 내가 여자들도 학교에 갈 수 있는 파키스탄에 살고 있다는 사실에 신께 감사드렸다.

내가 탈레반 이야기를 들은 것은 그때가 처음이었다. 그때 미처 몰랐던 것은 탈레반이 아프가니스탄에만 존재하는 게 아니라는 사실이다. 여기서도 멀지 않은, 바자우르 연방직할부족지역

---

* 1994년 아프가니스탄에서 결성된 무장 이슬람 정치 조직.

(FATA)*에 또 다른 탈레반 그룹이 있었다. 그들 일부는 우리처럼 파슈툰이며 곧 밝고 환하던 내 어린 시절에 어두운 그늘을 던지러 다가올 것이었다.

그러나 아버지는 내게 염려하지 말라고 했다.

"내가 네 자유를 지켜 주마, 말랄라. 꿈을 계속 키워 나가렴."

* 파키스탄과 아프가니스탄 국경 일대로, 영국 식민지 시대에 시작된 간접통치체제 지역이다. 정부의 개입을 최소한으로 받으며 부족의 전통적인 생활방식을 고수하고 있다.

03

마술 연필

내가 여덟 살이 되었을 때 아버지 학교의 학생은 800명이 넘었고, 캠퍼스도 초등학교 하나와 남자고등학교, 여자고등학교 셋으로 늘어나 있었다.

마침내 우리 가족은 경제적 여유가 생겨 TV를 살 수 있었다. 나는 마술 연필을 가지고 싶단 생각에 사로잡히게 되었다. 사피나와 내가 방과 후에 보던 〈샤카 라카 붐 붐〉이라는 프로그램 때문이었다. 산주라는 소년에 관한 이야기였는데, 산주가 마술 연필로 그리면 모든 것이 진짜가 되었다. 배가 고플 때 카레 한 그릇을 그리면 진짜 카레가 나타났고, 위험에 처했을 때는 경찰관을 그렸다. 산주는 위험에 빠진 사람들을 보호하는 어린 영웅이었다.

밤이면 나는 기도를 했다.

“신이시여, 제게 산주의 마술 연필을 주세요. 아무에게도 얘기하지 않겠습니다. 그냥 제 서랍에 연필을 넣어 주세요. 그 연필로 모두를 행복하게 하겠습니다.”

기도를 마치면 얼른 서랍을 열어 보곤 했지만 연필이 있었던 적은 한 번도 없었다.

어느 오후, 남동생들이 집에 없었기 때문에 어머니는 내게 감자 껍질과 계란 껍데기를 버리고 오라는 심부름을 시켰다. 우리 집에서 한 블록 정도 떨어진 쓰레기장을 향해 걷던 나는 그곳이 가까워지자 코를 찡그리며 파리들을 쫓았고 내 좋은 신발에 뭔가 묻을까 조심하며 걸음을 옮겼다. 산주의 마술 연필이 있었다면. 그랬다면 이 모든 것을, 이 냄새와 쥐와 산처럼 쌓인 쓰레기들을 다 지울 수 있을 텐데. 그곳에 음식 쓰레기를 쏟던 나는 뭔가 움직이는 것을 보고 깜짝 놀라 펄쩍 뛰었다.

내 또래 여자아이였다. 머리카락은 마구 엉켜 붙어 있었고 피부는 붉은 발진으로 뒤덮여 있었다. 아이는 쓰레기를 뒤져 깡통과 병들을 한 무더기씩 따로 쌓고 있었다. 근처에선 남자아이들이 자석을 줄에 달아 고철을 낚고 있었다. 나는 그 아이들에게 말을 걸고 싶었지만 무서웠다.

그날 아버지가 집에 돌아왔을 때 나는 쓰레기장에서 본 아이들 이야기를 하며 아버지를 이끌고 그들을 보러 갔다. 아버지가 아이들에게 부드럽게 말을 걸었지만 아이들은 도망가 버렸다. 나는 아버지에게 왜 저 아이들은 학교에 다니지 않는 것인지 물었고, 아버지는 저 아이들이 쓰레기장을 뒤져 찾은 것을 다만 몇 루피에라도 팔아 가족을 부양하고 있다고 말했다. 만일 저 아이들이 학교에 간다면 가족들이 굶게 된다는 이야기였다. 집으로 걸어오며 나는 아버지 뺨에 눈물이 흐르는 것을 보았다.

나는 신은 나쁜 일과 함께 반드시 좋은 것도 보내 주신다고 믿는다. 그래서 나는 이 문제에 대해 신과 이야기를 해야 할 때라고 생각했다. 나는 편지를 썼다.

'신이시여, 쓰레기 더미에서 일하도록 내몰린 아이들이 있다는 것을 아세요?'

나는 쓰는 것을 멈췄다. 신이 모르실 리가 없지! 나는 내가 그 아이들을 본 것이 신의 뜻이었음을 깨달았다. 학교에 갈 수 없는 삶에 대해 생각하게 된 것이다. 그전까지 나는 마술 연필이 세상을 바꿀 수 있을 것이라 믿었지만, 그날 나는 마술 연필이 아닌 나 자신이 뭔가를 해야 한다는 것을 깨달았다. 하지만 그땐 그것이 무엇인지 몰랐다. 그럼에도 나는 세상을 더 나은 곳으로 만들 수 있는 힘과 용기를 달라고 기도했다. 나는 편지에 내 이름을 쓰고 돌돌 말아 나뭇조각에 묶은 후 민들레 한 송이를 얹어 스와트 강으로 흘러가는 시내에 띄웠다. 신께선 분명 편지를 발견하실 거다.

내가 그 쓰레기장의 아이들을 돕고 싶어 했던 것처럼 우리 어머니도 많은 사람들을 돕고 싶어 했다. 어머니는 빵 껍질을 그릇에 담아 부엌 창가에 내놓기 시작했다. 밥과 닭고기도 한 냄비 더 만들어 함께 놓아두었다. 빵은 새들을 위한 것이었고, 음식은 이웃의 가난한 가족을 위한 것이었다.

나는 어머니에게 왜 음식을 놓아두냐고 물어본 일이 있다.

"우리는 배고픈 것이 어떤 건지 알잖니, 피쇼."

어머니가 말했다.

"우리가 가진 것을 나누어야 한다는 것을 잊어서는 안 된다."

그래서 우리는 가진 모든 것을 나누었다. 심지어 집도 나누었다. 사정이 딱하게 된 일곱 식구 한 가족을 받아들였던 것이다. 아버지는 그들에게서 월세를 받기로 했었지만 받지 못할 때가 더 많았고, 오히려 돈을 빌려 주기까지 했다. 아버지 학교는 수익을 별로 못 내고 있었지만 100명이 넘는 가난한 아이들을 무료로 받아 주었다. 아버지는 더 많은 무료 학생들을 받을 수 있는 형편이 되기를 바랐다. 한편 어머니는 매일 몇몇 여학생들을 불러 아침식사를 제공하기 시작했다.

"빈속으로 어떻게 배울 수가 있겠니."

어머니는 그렇게 말했다.

어느 날 나는 학교에 오래 다니던 학생들이 보이지 않는 것을 발견했다. 나는 아버지에게 그 아이들이 어디 있는지 물었다.

“아, 자니. 부유한 학부모 중에 자기 자식이 자기네 집 청소부나 세탁부 아이들과 같은 교실에 있는 것을 알고 전학시킨 사람들이 있단다.”

나는 비록 어렸지만 그것이 옳지 못하다고 느낄 수 있는 나이였고, 수업료를 내는 학생들이 너무 많이 학교를 떠나면 학교와 우리 가족 모두 힘들어진다는 것도 이해했다. 하지만 훨씬 더 큰 위협이 다가오고 있다는 것을 그때는 알지 못했다. 우리 학교와 가족뿐 아니라 파키스탄 전체를 향한 위협이었다.

04

신의 경고

어느 가을날, 내가 아직 초등학교에 다니던 때였다. 갑자기 책상들이 떨리며 흔들리기 시작했다.

"지진이다!"

우리는 소리를 지르며 밖으로 뛰쳐나갔고, 좁은 문으로 몰려나가다 넘어지는 아이들도 있었다. 우리는 어미 닭 주위에 모여드는 병아리들처럼 안전과 위안을 찾아 선생님 주변으로 모여들었다. 우는 여자아이들도 있었다.

우리는 지진이 자주 일어나는 지역에 살고 있었지만 이번엔 다르게 느껴졌다. 교실로 돌아온 후에도 건물들은 계속해서 흔들렸고 우르릉하는 소리가 멈추지 않았다. 내가 좋아하는 울파트 선생님이 침착하라고 말했다. 선생님은 지진이 곧 끝날 것이라고 우리를 안심시켜 주었다. 그러나 첫 번째 지진이 있고 몇 분 지나지 않아 두 번째 강한 지진이 또 일자 학생들은 모두 집으로 돌아갔다.

집에 도착하니 어머니가 마당에 앉아 있었다. 어머니는 머리 위에 지붕이 없는 마당이 가장 안전한 곳이라 느꼈던 것이다. 코란 구절을 외우고 있는 어머니 얼굴에 눈물이 흘러내리고 있었다. 여진은 계속되었고 해 질 녘이 지나서도 멈추지 않았다. 여진이 올 때마다 어머니는 밖으로 나가야 한다고 고집했다. 아버지는 어머니에게 아이들을 겁주지 말라고 했지만 우리는 이미 겁에 질려 있었다. 땅이 흔들리고 있었기 때문이다.

2005년 10월 8일의 지진은 역사상 최악의 지진 중 하나였다. 리히터 규모 7.6으로 멀리 아프가니스탄의 카불과 인도의 델리에서도 느낄 수 있었던 강진이었다. 여진이 한 달 동안 계속되었다. 우리가 살던 도시 밍고라는 큰 피해를 입지 않았지만 우리가 사랑하는 샹글라를 포함해 파키스탄 북부 지역은 폐허가 되었다.

마침내 샹글라의 친척과 친구들 소식을 들었을 때 그들은 세상이 끝나는 줄 알았다고 말했다. 길은 산에서 굴러 떨어진 바위들로 끊어졌고, 사람들은 코란을 외우며 집에서 뛰쳐나왔으며, 무너져 내린 집 아래에선 사람들의 비명과 물소와 염소 들의 울음이 들려왔다고 했다. 그들은 두려움에 떨다가 이윽고 지진이 멈추자 도움의 손길이 오기를 기다렸다고 했다.

정부의 도움은 너무나도 더뎠지만 보수적인 종교단체 TNSM*의 구호봉사자들은 즉시 달려왔다. 수피 무함마드와 그의 사위인 파즐울라가 이끄는 단체였다.

정부는 도움을 주려 애썼고 인근 아프가니스탄에 병력과 헬기가 있었던 미국도 도움을 주었다. 그러나 대부분의 자원봉사자와 의료지원은 TNSM 같은 무장 단체들과 연결되어 있었다. 그들은 파괴된 마을을 치우고 복구하는 일을 도왔고, 기도회를 열고 시신들을 매장했다. 그들은 또한 1만 1000여 명의 고아들도 받아들였다. 우리 문화에서 고아는 대개 대가족제도 하에서 돌보게 되어 있었지만 지진의 피해가 너무나 커서 가족 전체가 희생되었거나 모든 것을 다 잃어 아이들을 돌볼 여력이 없는 경우가 많았다. 많은 고아들이 이슬람 근본주의자들이 운영하는 마드라사**에 가서 살게 되었다.

TNSM의 물라***들은 지진이 신의 경고였다고 설교했다. 우리가 살아가는 방식을 고치지 않으면, 즉 이슬람 율법을 실천하지 않으면 더 큰 벌을 받게 될 것이라 말했다.

이 지진 후 나라 전체가 오랫동안 큰 충격에 빠져 있었다. 우

---

* Tehrik-e-Nifaz-e-Sharia-e-Mohammadi, 테흐리크 에 니파즈 에 샤리아 에 모하마디. 1992년 수피 무함마드가 주창한 이슬람 율법 강화운동으로 나중에는 그의 사위이자 스와트 탈레반으로 불리게 되는 파즐울라가 뒤를 잇는다.

** 이슬람 율법을 가르치는 학교.

*** 성직자 또는 사원의 지도자를 높여 부르는 말.

리는 너무나 지치고 허약한 상태였다. 나쁜 의도를 품은 이들은 사람들의 두려움을 이용해 원하는 것을 손쉽게 얻을 수 있었다.

05

첫 번째 직접적 위협

매일 아침 내 친구들이 교문을 지나 학교로 들어갈 때면, 길 건너에서 한 남자가 우리를 노려보곤 했다. 그러던 어느 날 밤 그 남자가 동네 원로 여섯 명과 함께 우리 집으로 찾아왔다. 내가 대문을 열었다. 그는 자신이 무프티*라고 주장하며 우리 학교에 문제가 있다고 말했다. 아버지는 나를 다른 방으로 보냈지만 이 작은 집에서 무프티와 원로들이 하는 말을 나는 한 마디도 빠짐없이 들을 수 있었다.

"나는 훌륭한 이슬람교도를 대표해서 말하고 있소. 우리는 모두 당신네 여자고등학교가 신성을 모독하고 있다고 생각하오. 학

* 이슬람 율법 해석의 권위자.

교 문을 닫아야 할 것이오. 십 대 여자아이들은 학교에 가서는 안 되고 반드시 푸르다를 지켜야 하오."

이 무프티는 그동안 불법 라디오방송을 해 오던 TNSM의 마울라나* 파즐울라의 영향을 받은 것이 분명했다. 그 방송에서 마울라나 파즐울라는 늘 자신들이 비이슬람적이라고 여기는 사람들에게 비난을 퍼부으며 설교를 했다.

우리는 알고 있었지만 그 무프티가 모르고 있었던 것은 그의 조카딸도 비밀리에 아버지 학교에 다니고 있다는 사실이었다.

아버지가 무프티와 논쟁을 하고 있는데 원로 중 한 사람이 아버지에게 말했다.

"나는 당신이 신앙이 없는 사람이라고 들었는데 지금 보니 당신 집에 코란이 이렇게 있군요."

"당연히 코란이 있지요! 저는 이슬람교도입니다."

아버지가 말했다. 무프티가 다시 대화에 끼어들며 여학생들이 남자들과 같은 교문으로 학교에 들어가는 것에 대해 불평했다. 그래서 아버지가 타협점을 제시했다. 나이가 찬 여학생들은 다른 문으로 출입하도록 하겠다는 것이었다.

결국 무프티가 물러섰고, 그들은 떠났다. 하지만 그들이 떠나고 대문이 닫혔음에도 나는 배 속에 단단한 매듭이 지어진 것

* 정식 종교 수업을 마친 지도자로서의 지위를 뜻하는 말.

만 같은 불편함을 느꼈다. 나는 자라면서 파슈툰 남자들이 얼마나 완고하고 자존심 강한지 보아 왔다. 파슈툰 남자들은 논쟁에서 지면 결코 잊어버리는 법이 없었다. 그리고 용서하는 법도 없었다.

비록 내가 어리긴 했으나 그가 잘못 생각하고 있다는 것은 알 수 있었다. 나는 다섯 살 때부터 신성한 코란을 공부했고, 우리 부모님은 방과 후에 나를 마드라사로 보내 종교 공부를 시켰다. 나는 아랍 글자를 배우는 것이 재미있었다. 그 신기하고 신비로운 글자 형태와, 우리가 함께 기도를 낭송할 때의 그 소리가 좋았으며, 알라의 가르침에 맞게 사는 삶이 어떠한 것인지 이야기 듣는 일이 좋았다. 우리 선생님은 여자였다. 그는 친절했고 현명했다.

내게 있어 마드라사는 오직 종교 교육을 받기 위한 장소였다. 다른 공부는 모두 쿠샬 학교에서 배웠다. 하지만 많은 아이들에게 마드라사는 배움을 얻을 수 있는 유일한 장소였다. 그들은 수학도, 과학도, 문학도 전혀 배우지 않았다. 유일하게 배우는 것이 아랍어였는데 그것은 코란을 읽기 위해서였다. 단어의 의미는 알지 못한 채 외워 낭송하는 법만 배웠다.

나는 이 차이에 대해 깊이 생각하지 않고 있었다. 그러다 무프티가 우리 집을 다녀간 후에야 알 수 있었다. 어느 날 골목에서 동네 아이들과 놀다가 크리켓 게임을 위해 팀을 나누게 되었는데 한 남자아이가 나와 같은 팀이 되고 싶지 않다고 말했다.

"우리 학교가 너네 학교보다 좋거든."

마치 이유를 설명하듯 그 아이가 말했다. 나는 전혀 동의할 수 없었다.

"우리 학교가 더 좋아."

"너희 학교는 나쁜 학교야. 정통 이슬람이 아니야."

그 아이는 고집을 꺾지 않았다.

나는 그 말을 어떻게 받아들여야 할지 혼란스러웠지만 그 아이가 틀렸다는 것은 분명히 알았다. 우리 학교는 천국이었으니까.

쿠샬 학교 안에서 우리는 지식의 날개를 달고 날았다. 여자가 남자 동행 없이는 외출도 할 수 없는 나라에서 우리는 책이라는 세계 안에서 멀리 나아가, 널리 볼 수 있었다. 많은 여자들이 시장에서 가격표도 볼 수 없는 땅에서 우리는 곱셈을 배웠다. 십대가 되는 순간 머리를 가리고 어린 시절 놀이 친구였던 남자아이들에게 자신을 숨겨야 하는 곳에서 우리는 바람처럼 자유롭게 달렸다.

우리는 교육이 우리를 어디로 이끌지 알지 못했다. 단지 평화로운 가운데서 배울 기회를 가지길 원했을 뿐이다. 그리고 우리는 그럴 수 있었다. 쿠샬 학교 담 밖에서는 세상이 미쳐 가고 있었지만 학교 안에서 우리는 우리 자신일 수 있었다. 일단 책가방을 교실에 놓는 그 순간부터 우리에게, 학교에 다니는 어떤 아이라도 마찬가지겠지만, 가장 중요한 관심사는 그날 시험에서 누가 일등을 할지와 쉬는 시간에 누가 누구와 같이 있을지 하는 것이었다.

초등학교 때 거의 매 학년 전교 일등을 해서 학년 말에 트로피를 받았다는 것은 나의 커다란 자부심이었다. 나는 늘 최상위권이었고, 또 교장의 딸이기도 해서 어떤 아이들은 그 두 사실 사이에 어떤 관계가 있을지 모른다고 생각했다. 하지만 나를 특별대우 하지 않았다는 것은 우리 아버지에게도 커다란 자부심이었다. 그리고 내가 아홉 살 때 한 아이가 새로 전학을 오면서 그것은 사실로 증명되었다.

그 아이의 이름은 말카 에 누르였다. 똑똑했고 의지가 굳은 아이였지만 처음에 나는 그 아이가 나만큼 명석할 거라고는 생각지 못했다. 그해 방학을 하던 날 시상식이 있었고 나는 충격을 받았다. 그 아이가 일등이었고 나는 이등이었던 것이다.

나는 말카 에 누르가 트로피를 받을 때 예의 바르게 미소를 지었지만 집에 오는 순간 눈물을 터뜨렸다. 그런 나를 본 아버지가 위로했지만 내가 원했던 위로는 아니었다.

"이등을 하는 것도 좋은 일이란다. 이길 때가 있으면 질 때도 있다는 것을 배울 수 있기 때문이다. 훌륭한 승자가 되는 법뿐 아니라 훌륭한 패자가 되는 법도 배워야 한단다."

나는 너무 어렸고, 또 너무 고집이 셌기에 아버지의 말을 인정할 수 없었다. 그 학기 후로 나는 똑같은 위로를 또다시 들을 필요가 없도록 훨씬 더 열심히 노력했다!

평소 나의 또 다른 관심사는 모니바였다. 모니바가 내게 화가 나 있을까 아닐까 늘 신경을 썼다. 가장 친한 친구인 모니바는 나처럼 책을 좋아했고 모든 면에서 나와 거의 쌍둥이 같았다. 우리는 쉬는 시간에든, 학교 버스에서든, 교실에서든 나란히 앉았고, 모니바는 다른 아이가 절대 줄 수 없는 웃음을 내게 주곤 했다. 하지만 우리는 습관처럼 종종 싸우곤 했다. 늘 같은 문제였다.

"너 내 친구야, 아님 걔 친구야?"

내가 쉬는 시간에 다른 아이와 있으면 모니바는 이렇게 말하곤 했다. 그러면 나는 이렇게 말했다.

"모니바, 네가 먼저 날 무시했잖아!"

최악의 경우에는 모니바가 나와 말을 하려 하지 않았다. 그럼 나는 모니바가 그렇게 화난 것에 대해 몹시 화를 냈다. 때로 이런 다툼이 며칠씩 이어지기도 했다. 그러다 결국은 모니바가 너무 보고 싶어진 내가 잘못했다고 굽히고 들어가곤 했다.(늘 나만 잘못했다고 하는 것처럼 보였다!) 그러면 모니바가 우스꽝스런 표정을 지어 보였고, 우리는 깔깔거리며 싸웠던 일을 금방 잊어버렸다. 물론 또 다른 아이가 우리 사이에 끼어들 때까지만.

우리가 그렇게 많은 것을 배우고 많이 웃으며 지내는 그 학교가 어떻게 나쁜 곳일 수 있단 말인가?

2부

곁에 드리운 그림자

06

라디오 물라

어느 날 저녁 밍고라의 한 친척 집에 있던 나는 라디오에서 나오는 이상한 흐느낌을 들었다. 하루 종일 음식을 한 여자들이 설거지를 다 마친 후 라디오 주변에 모여 앉아 있었다. 평소와 마찬가지로 설거지를 안 하려 요령을 피우고 있던 나는 그 기이한 울음소리에 멈칫했다. 얼핏 듣기엔 예배를 인도하는 어느 이맘*이 경건한 생활을 위한 조언을 하는 것 같았다.

"담배를 끊으시오. 매일 기도를 하시오."

라디오를 듣던 여자들이 그렇지, 하면서 중얼거렸고, 그 가운데는 우리 어머니도 있었다.

* 예배를 인도하는 성직자.

라디오 속 진행자가 갑자기 울기 시작했다.

"음악을 그만 들으시오. 영화도 보러 가지 마시오. 춤도 추지 마시오. 다 그만하시오. 그러지 않으면 신께서 우리 모두를 벌하기 위해 또다시 지진을 내릴 것이오."

그러자 몇몇 여자들이 울기 시작했다. 지난해 일어난 지진의 끔찍한 기억이 다시 떠올랐던 것이다. 그들 중에는 자식과 남편을 먼저 보내고 여전히 슬픔에서 빠져나오지 못한 사람들도 있었다.

나는 그 말이 사실이 아니란 것을 알고 있었다. 지진은 과학으로 설명할 수 있는 지질학적 현상이라는 것을 말해 주고 싶었다. 거기 있던 여자들 중 많은 사람들은 전혀 교육을 받지 못하고 그저 종교 지도자의 명령을 따르라는 말을 들으며 자랐기에 라디오를 듣고 겁에 질려 있었던 것이다.

물라FM이라는 방송 이름 때문에 사람들은 그를 '라디오 물라'라고 불렀다. 학교에서 아버지가 그 라디오를 듣지 말라고 말했지만 친구들은 그 이야기뿐이었다. 우리 집의 오래된 라디오는 고장이 났기 때문에 나는 그 방송을 듣지 못했다. 하지만 친구 집, 친척 집에서 듣거나 학교에서 친구들이 그의 설교를 거의 그대로 옮겨 주어 내용은 알고 있었다. 그는 모든 음악은 하람, 즉 이슬람교에서 금지된 것이라 말했다. 들어도 좋은 것은 자신의 라디오방송뿐이라고 했다. 그는 남자는 머리와 턱수염을 길게 길러야 하며 그것이 '혁신적' 패션이라 말했다. 그리고 여성은 항상 푸르다를 지켜 집에 있어야 한다고 말했다. 급한 일이 있을 때만 외출할 수 있으며, 그때도 반드시 부르카를 입어야 하고 남자 친척과 동행해야 한다고 했다.

처음엔 우리 어머니도 친척들과 그 방송을 들으며 그의 설교를 마음에 들어 했다. 특히 그가 매일 기도하는 일이 중요하다고 말했을 때 그랬다. 사람들은, 특히 여자들은 그를 과대평가했다. 그를 훌륭한 코란 해석가로 생각했고, 그의 권위 있는 태도에 감탄했다. 사람들은 이슬람 율법을 되살리자는 그의 이야기를 반겼다. 왜냐하면 너무 느리고 부패한 파키스탄 사법제도에 많은 사람들이 좌절하고 있었기 때문이다.

그의 추종자들은 아름답게 들리는 시를 외치고 다녔다. 하지만 실상 그 시는 여자들이 학교에 가서는 안 된다는 메시지였다.

아버지는 처음부터 그를 비판했다.

"라디오 물라가 누구든 내게 이래라저래라 할 순 없다. 소위 물라라는 자가 허튼소리를 하며 문제를 일으키고 있어."

"그런 식으로 말하지 말아요. 신께서 당신에게 화를 내실 거예요."

어머니가 아버지에게 말했다.

그러나 아버지가 옳았다. 아버지는 이 정체를 알 수 없는 라디오 뒤의 남자에 대해 조사를 했다.

"이 작자는 고등학교 중퇴자로군! 그리고 어떤 종교적 자격도 갖고 있지 않아! 이런 자가 무지를 퍼뜨리고 있다니."

라디오 목소리의 주인공은 TNSM의 지도자 중 한 명인 마울라나 파즐울라였다. 그의 추종자들이 지진 후 많은 사람들을 도운 것은 사실이지만 그는 그 충격과 상처를 이용해 사람들에게 공포를 주입하고 있었다.

곧 파즐울라는 사람들을 개인적으로 공격하기 시작했다. 그는 자신에게 맞서는 사람들의 이름을 공표하기 시작했다. 우리가 아는 사람들도 있었고, 모르는 사람들도 있었다. 평화운동을 벌이는 사람들도 있었지만 그냥 개인적인 대화를 했다고 생각하는 사람들도 있었다. 갑자기 그들 모두가 공개적으로 죄를 지은 사람이 된 것이다. 마치 라디오 물라와 그의 부하들이 벽을 뚫고 사람들을 감시하는 것만 같았다.

내가 점점 자라면서 남자들이 토론하고 있을 때 눈에 띄지 않게 그 자리에 있는 것이 힘들어졌다. 그래서 나는 차를 내가는 일을 하곤 했고, 그렇게 해서라도 그들이 토론하는 문제들을 듣고 싶었다.

그 당시에 대화의 주제는 두 가지밖에 없었다. 라디오 물라와 바로 국경 너머 아프가니스탄에서 벌어지고 있는 싸움이었다. 9·11 테러가 일어났을 때 나는 겨우 네 살이었지만 오사마 빈 라덴의 이름을 들으며 자랐다. 우리나라에서는 누구나 9·11과 오사마 빈 라덴을 알고 있었다. 그가 이곳에서 멀지 않은 아프가니스탄에서 그 테러를 계획했다고 하며, 미국과 미국의 동맹들은 그를 찾기 위해, 그리고 그를 보호하고 있던 알카에다와 아프가니스탄의 탈레반 정부를 물리치기 위해 싸움을 벌이고 있었다.

탈레반. 그 말을 들을 때마다 귀가 쫑긋 선다. 그리고 샹글라에서 아버지와 나눴던 대화를 되새겨 보곤 한다. 그때만 해도 탈레반은 아주 멀리 있는 것처럼, 막연히 먼 곳의 나쁜 무언가처럼 느껴졌다.

아버지의 친구들은 파즐울라가 아무리 인기가 있어도, 설사 그가 파키스탄의 탈레반과 깊이 연계되어 있다 하더라도 걱정하기엔 너무 멀리 있다고 믿었다. 그러면 아버지는 말했다.

"그들은 이미 우리 지역에 들어와 있고, 점점 더 가까이 오고 있어."

그리고 아버지는 격언을 인용했다.

"다가오는 사건은 그림자를 미리 던지는 법이야."

파즐울라는 처음에는 서서히 움직였지만, 지진이 일어난 후 이 년 동안 그는 정말로 긴 그림자를 던졌다. 나는 자라고 있었고, 생전 처음으로 내 눈앞에서 우리의 세상이 변하고 있음을, 그것도 좋지 않은 방향으로 가고 있음을 느낄 수 있었다.

매일 밤 잠들기 전 나는 신께 이야기했다.

"신이시여, 제가 할 수 있는 일이 무엇인지 말씀해 주세요. 비록 작고 어린 소녀지만 작은 일이라도 맡기실 게 있지 않을까요?"

어느 날 잠에서 깬 나는 계획 하나가 떠올랐다. 학교에 가면 파즐울라 얘기 따위는 다 무시하고 친구들에게 인도 TV의 코미디 프로그램 이야기를 할 것이다. 이런 얘기가 별로라면 크리켓이나 귀찮게 하는 남동생 이야기를 할 수 있을 것이고, 그것 말고도 할 이야깃거리는 얼마든지 있었다.

그러나 학교에 도착했을 때 친구들은 모두 한 모퉁이에 모여 가장 최근의, 바로 어젯밤 파즐울라의 설교에 대해 이야기를 하고 있었다. 그가 여학교를 하람이라고 선언했다는 것이다. 우리의 평화로운 성역을 코란이 금지한 것이라 단정해 버린 것이다.

당시 그는 라디오 뒤에서 목소리로만 존재했다. 그래서 그때 우리는 미처 알지 못했다. 다가올 미래에 그가 여학교를 없애기 위해 훨씬 더 엄청난 일을 저지를 거라는 걸.

07

스와트의 탈레반

라디오 물라는 자신이 반이슬람적이고 서구적이라고 간주하는 것은 그것이 무엇이든 비난하고 반대하기 시작했다. 사람들은 정기적으로 그의 방송을 들었고, 자신이 혹 그 비난의 대상이 될까 염려했다. 자기 이름이 거론되지 않았다는 것을 확인하기 위해 듣는 사람들도 많았다.

또 그는 그 불법 라디오방송을 통해 부모들에게 자녀의 소아마비 예방접종을 거부하라고 부추겼다. 이런 의학적 행위는 서구 국가들이 이슬람 어린이들을 해치기 위해 꾸민 계책이라는 주장이었다.

그는 의료제도에 개입하고 여학교를 반대하는 일 외에도 이발사들을 협박하여 서양식으로 머리를 자르지 못하도록 했고 음반 상점들을 파괴했다. 그는 보석과 돈을 기부하라고 설득하여 그렇게 모금한 돈으로 폭탄을 만들고 무장 세력을 훈련시켰다.

우리는 파즐울라의 추종자들을 본 적이 있다. 산간 지역에 사는 가족을 방문하러 가는 길에 작은 마을에서였다. 그들은 머리와 수염을 길게 기르고 검은 터번을 썼으며 흰색 샬와르 카미즈를 입고 있었다. 그리고 총을 들고 위협적인 태도로 거리를 걷고 있었다. 밍고라에서는 그때까지 그런 사람들을 보지 못했지만 그 존재는 느낄 수 있었다. 마치 그가 하늘에서 이야기하는 것처럼, 공포의 검은 구름이 짙게 드리워져 있었다.

경찰이 파즐울라를 저지하려 했지만 그의 세력은 점점 강해지고 있었다. 2007년 5월, 그가 정부와 평화협정에 서명을 하며 소아마비 예방접종과 여성 교육을 반대하는 일은 중단하겠다고 말했다. 정부 건물에 대한 공격도 하지 않겠다고 밝혔고, 그에 따라 정부는 그가 계속 방송을 할 수 있도록 허락해 주었다. 하지만 7월이 되면서 모든 것이 바뀌었다.

내 열 번째 생일 즈음 파키스탄군이 수도 이슬라마바드에 있는 한 여성 마드라사를 포위했다. 정부에 강렬하게 대항하고 있던 한 무장 세력이 붉은 사원이라 불리는 랄마스지드 안에서 인질을 잡고 있었던 것이다. 여러 날 계속된 정부군의 공격으로 많은 사람들이 죽자 파즐울라는 전혀 다른 선언문을 발표했다. 정부와의 전쟁을 선포한 것이다. 그는 사람들에게 폭력으로 봉기

할 것을 요구했다. 그가 서명했던 평화협정은 기억 저쪽으로 사라져 버렸다.

그러나 정부는 귀찮은 파리 대하듯 그를 무시했다. 그리고 그에게 억눌려 고통받는 우리 스와트 사람들도 무시했다. 우리는 정부에 분노했고 우리 삶을 파괴하려는 테러리스트에 분노했다. 아버지는 우리도 그들을 무시해야 한다고 말했다.

"우리는 흔들림 없이 충실한 생활을 해야 한다."

그래서 우리는 저녁 식탁에서 평소처럼 정신적인 것들에 대해 대화했다. 아인슈타인과 뉴턴, 시인과 철학자 들에 관해 이야기를 나누었다. 그리고 역시 평소처럼 나는 동생들과 리모컨을, 성적을 놓고 싸웠다. 무엇이든, 모든 것이 싸움거리가 되었다. 탈레반은 어떤 식으로든 무시하고 지낼 수 있었지만 성가신 두 동생은 무시할 수가 없었다. 동생들과 싸우는 것도 우리의 충실한 생활의 일부라고 나는 아버지에게 말했다.

곧 파즐울라가 TTP*, 즉 파키스탄 탈레반과 손을 잡고 여성들이 공공장소에 나가는 것을 금지했다. 파즐울라는 남성들이 이 명령에 따라 가족을 엄격하게 통제하지 못하면 벌을 받게 될 것이라고 말했다.

---

* Tehrik-i-Taliban-Pakistan, 테흐리크 이 탈레반 파키스탄, 파키스탄의 탈레반을 말함.

여섯 달 만에 밍고라 거리는 기이하게도 여자가 없는 곳이 되었다. 여자들은 시장 보러 나가는 일조차 두려워하게 되었다. 발리우드 영화와 어린이 영화를 팔던 DVD 가게는 아예 문을 닫았다. 파즐울라는 영화와 TV를 보는 일이 죄악이라 말했다. 영화나 TV를 통해 여자들은 외간 남자들을 보게 되고 남자들은 다른 여자들을 보게 되는데, 그것은 금지된 일이기 때문이라 했다.

파줄울라와 그 추종자들의 위협 아래서 사람들은 두려움에 떨며 살아갔다. 그들은 TV와 DVD, CD를 마을 광장으로 가지고 갔고 라디오 물라의 부하들은 거기에 불을 질렀다. 그의 부하들이 트럭을 타고 거리를 순찰하며 메가폰으로 떠들고 다닌다는 이야기가 퍼졌다. 그리고 그들이 문에 귀를 대고 엿듣는다는 소문까지 있었다. 만일 TV 소리가 들리면 문을 박차고 들어가 TV를 박살 낸다는 것이다.

방과 후 나와 동생들은 소리를 아주 작게 낮추고 웅크리고 앉아서 TV를 보아야 했다. 우리가 특별히 좋아하는 프로그램에 등장하는 이름을 가진 레슬링 선수들과 마술 연필을 가진 소년이 어째서 나쁘다는 것인지 이해할 수 없었다. 매번 누군가 문을 두드릴 때마다 우리는 깜짝 놀라곤 했다.

어느 날 밤 아버지가 퇴근하고 집에 왔을 때 나는 아버지에게 물었다.

"아바, 우리도 TV를 불태워야 해요?"

결국 우리는 TV를 벽장 안으로 옮겼다. 낯선 사람이 오더라도 우리 집에서 TV를 발견할 수 없을 것이다.

어떻게 이런 일이 일어났는가? 어떻게 교육도 제대로 받지 않은 광적인 인물이 신과 같은 존재가 되었는가? 그리고 왜 아무도 그에게 맞서려 하지 않는 것인가?

그런 일을 겪는 중에도 쿠샬 학교는 평소처럼 운영되었다. 우리 학년 친구들 몇 명이 학교를 그만두긴 했지만 남은 우리들은 학교 다니는 일을 더욱 소중하게 생각하게 되었다.

우리 반은 토론을 하기도 했다. 정부는 제대로 못하고 있지만 우리는 우리 학급을 좀 더 민주적으로 운영할 수 있지 않을까, 라는 주제였다. 훌륭한 의견도 나왔다. 공부를 잘하는 아이들이 늘 앞자리를 차지하고 있는데 매주 자리를 바꾸는 것이 좋겠다는 것이었다. 한 주 앞줄에 앉으면 다음 주는 뒷줄에 앉는 식이었다. 조금은 게임 같기도 했지만 모든 학생은, 그리고 모든 사람은 평등하다는 것을 실천하는 우리 나름의 방식이었다.

그러나 학교의 담장만 넘어가면, 밍고라는 점점 감옥 같은 곳으로 변하고 있었다.

'여성 출입 금지'라고 쓰인 현수막들이 시장 입구에 걸렸다. 모든 음반 상점과 전자제품 가게 들이 문을 닫았다. 파즐울라는 심지어 카롬이라는 오래된 어린이 게임도 금지시켰다. 카롬은 나무판 위에 패를 놓고 쳐내는 게임이었다.

그는 라디오에서 여학생들의 이름을 부르기 시작했다. "○○양은 학교를 그만두었습니다. 분명 천국에 갈 것입니다. ○○양도 학교를 떠났습니다. 부모님께 축하를 드립니다."

이렇게 되자 어머니는 내가 학교에 갈 때 혼자 다녀서는 안 된다고 고집했다. 교복을 입은 내 모습을 탈레반이 볼까 봐 두려웠던 것이다.

매일 학교의 아이들 숫자가 줄어드는 것을 느낄 수 있었다. 매일 밤마다 파즐울라는 학교에 다니는 여학생은 신실한 이슬람교도가 아니며 지옥에 떨어질 것이라고 비난을 퍼부었다.

하루는 선생님 중 한 사람이 아버지에게 와서 더 이상 여자아이들을 가르칠 수 없다고 말했다. 파즐울라가 종교 센터를 짓는 일을 도우러 떠난다는 선생님도 있었다. 암울한 시절이었다. 우리에게 늘 안식처가 되어 주었던 쿠샬 학교가 라디오 물라의 그림자 아래로 떨어진 것이다.

파즐울라는 그의 포고령을 강제로 집행하기 위해 지역 법정을 설치했고, 그의 부하들은 이제 경찰이나 공무원, 그에게 불복종하는 사람들에게 태형을 내리거나 죽이기까지 했다. 그런 광장에서 태형이 집행되는 날은 수백 명이 모여 곤장 한 대를 때릴 때마다 "알라후 아크바르!", 즉 '신은 위대하다!'고 외쳤다. 때로는 파즐울라가 검은 말을 타고 현장에 나타나기도 한다고 사람들이 말했다.

파즐울라의 '재판'이라는 것은 주로 늦은 밤에 열렸다. 사람들은 집에 있다가도 끌려 나와 죽임을 당하곤 했고, 시신은 다음 날 아침 그린 광장에 버려져 있었다. 시신 위에 핀으로 쪽지가 꽂혀 있을 때도 종종 있었다. '스파이와 신앙심이 없는 자는 이렇게 된다.' 혹은 '오전 11시까지 이 시체를 건드리지 마라. 이 말을 거역하는 자는 다음 순서가 된다.'

머지않아 사람들은 그린 광장을 피바다 광장이라 부르기 시작했다.

나는 그런 이야기들을 들으며 몸서리를 쳤다. 우리 도시가 도대체 어떻게 되고 있는 것일까? 우리는 어떻게 되는 것일까?

나는 잠들기 전 기도를 했다.

"신이시여, 당신께서는 세상 곳곳 많은 일들로 바쁘다는 것 알고 있습니다. 하지만 이곳 스와트에서 일어나고 있는 일을 봐 주세요."

어느 날 밤 나는 우리 부모님이 낮은 소리로 이야기하는 것을 우연히 듣게 되었다.

"꼭 하세요. 두려워하고만 있으면 해결이 되겠어요?"

어머니가 말했다.

"내가 가기 전에 당신이 축복을 해 줬으면 좋겠어."

아버지가 말했다.

"신께서 당신을 보호해 주실 거예요. 당신은 진실을 말하는 사람이니까요."

나는 일어나 무슨 일인지 물었다. 아버지는 어느 모임에 가서 탈레반을 비판하는 연설을 할 것이라 말했다. 그리고 이슬라마바드로 가서 정부가 자국민을 보호하지 않는 것을 비판할 예정이라고. 평범한 교장 선생님인 우리 아버지가 이 나라에서 가장 강력하고 가장 위험한 두 세력에 맞서려 하고 있었다. 그리고 어머니는 그 곁에서 아버지를 지지하고 있었다.

다른 파슈툰 여자였다면 남편 소매를 붙잡고 울며불며 매달렸을 것이다. 그리고 다른 파슈툰 남자였다면 그런 아내를 무시했을 것이다. 애초에 그런 이야기를 아내와 의논하는 사람이 매우 드물었다. 그러나 우리 부모님은 다른 어른들과는 달랐다. 아버지는 매와 같아서 다른 사람들이 가려 하지 않는 곳으로 대담하게 날아가고자 했다. 그리고 우리 어머니는 의지가 아주 굳은 사람이었다.

나는 아버지가 집에 없을 때 대문을 걸어 잠그는 일을 맡았다. 나는 한 번, 두 번, 세 번까지도 집 안을 둘러보며 모든 문과 창문이 잘 잠겼는지 확인했다. 때로 아버지는 매우 늦게 집에 돌아왔고, 때로는 오지 않는 날도 있었다. 혹시 있을 수 있는 미행을 피해 아버지가 친구 집에서 자는 일이 종종 있었던 것이다. 우리를 보호하기 위해서였지만 그렇다고 걱정이 덜어지는 것은 전혀 아니었다. 그런 날 밤이면 밤새도록 어머니의 기도 소리가 들려왔다.

언젠가 어머니, 남동생들과 함께 샹글라로 가는 길이었다. 차가 없던 우리는 사촌 중 한 사람이 운전하는 차를 타고 있었다. 길이 막히며 기어가듯 속도가 떨어지자 그는 카세트테이프를 틀었다. 그러다 갑자기 테이프를 빼냈다. 그는 재빨리 글로브박스에 있던 다른 테이프들까지 모두 꺼냈다. 그러고는 어머니에게 말했다.

"어서요. 이것들을 가방 안에 숨겨 주세요."

두 남자가 우리 차 가까이 다가왔다. 그들은 검은 터번을 쓰고 있었고 샬와르 카미즈 위에 위장 조끼를 입고 있었다. 머리와 수염을 길게 길렀고, 칼라시니코프 소총을 들고 있었다. 탈레반과 마주친 것이다.

그들은 이슬람교에서 금지했다고 주장하는 것을 가지고 있는지 자동차들을 수색하는 중이었다. 우리 중 누구도 단 한 마디도 하지 않았다. 나는 가방을 꼭 쥐고 있는 어머니의 손이 떨리는 것을 보았다. 어머니는 베일을 더 단단히 잡아당겨 얼굴을 가리고 시선을 무릎 위로 떨어뜨렸다.

탈레반이 뒷문 유리창 안으로 몸을 기울였다. 그의 눈이 나와 마주쳤다. 그 남자가 이렇게 말했다.

"자매님들, 수치스러운 행동을 하고 있군. 반드시 부르카를 입으시오."

기관총을 든 탈레반이 내 얼굴에서 불과 몇 센티미터 떨어진 곳에 있었다. 내가 무슨 수치스러운 행동을 한단 말인가요? 나는 그에게 묻고 싶었다. 나는 어린아이, 고작 열 살짜리 아이였다. 숨바꼭질과 과학 공부를 좋아하는 소녀였다. 나는 몹시 화가 났지만 그와 논리를 따져서 좋을 것 없다는 걸 알고 있었다. 두려워해야 마땅했지만 내가 느낀 감정은 좌절이었다.

샹글라에서 집으로 돌아왔을 때 학교 교문에 아버지 앞으로 쓴 편지 한 장이 테이프로 붙여져 있었다.

'선생, 당신이 운영하고 있는 학교는 서구적이며 불경스러운 것이다. 당신은 여자들을 가르치고 있으며 이슬람답지 못한 교복을 입히고 있다. 이를 중단하지 않으면 큰 문제가 될 것이며 당신의 아이들이 당신 때문에 눈물을 흘리며 울게 될 것이다.'

'이슬람의 페다이*'라는 서명이 있었다.

탈레반이 아버지를 협박한 것이다. 그제서야 나는 두려워졌다.

* 아랍 무장 게릴라 조직.

08

아무도 안전하지 않다

아버지는 다음 날 신문에 편지를 기고하여 그 탈레반에게 답했다.

'제발 우리 학교 학생들을 해치지 마시오. 당신들이 믿고 있는 신은 우리 아이들이 매일 기도를 올리는 신과 같은 신이기 때문이오. 당신들이 내 목숨을 빼앗을 수는 있겠지만, 그렇더라도 절대 학생들은 해치지 말아 주시오.'

아버지가 편지에 이름을 쓰지 않았음에도 신문에는 아버지의 이름과 우리 학교 주소가 실렸다.

그날 밤 집 전화가 울려 대기 시작했다. 아버지 친구들은 그렇게 나서서 목소리를 내 준 것을 고마워했다.

"자네가 괴어 있는 물에 첫 돌을 던진 거야. 이제 다른 많은 사람들도 용기를 내어 맞서고 소리를 높일 결세."

그러나 그렇게 한 사람은 많지 않았다.

그전에도 아버지는 늘 바쁜 사람이었다. 무샤이라, 즉 시 낭송회에 참석했고, 학교에서 늦게까지 일했으며, 이웃들 간의 분쟁 해결을 도왔다. 그런데 요즘은 아버지가 집을 나가면 나는 아버지가 우물을 고치기 위해 사다리를 타고 우물 아래로 사라지던 날의 어린아이로 돌아간 것 같은 기분이 되었다. 나는 매일 밤 아버지가 집에 무사히 돌아올 수 있을까 염려했다.

그 사건 이후 아버지는 한 가지 결정을 내렸다. 셔츠와 바지로 되어 있던 쿠샬 학교의 남학생 교복을 전통적인 샬와르 카미즈로 바꾼 것이다. 서구식이라고 낙인찍힌 옷을 입고 있으면 학생들이 안전하지 않을 수 있기 때문이다. 여학생 교복은 원래 흰색 샬와르와 파란색 카미즈였는데 탈레반은 여자는 흰색 샬와르를 입어서는 안 된다고 말했다. 내가 사랑했던 교복을 입으며 이젠 범죄자가 된 듯 느껴야 했다. 어디를 둘러보아도 여기저기서 탈레반이 잡초처럼 불쑥불쑥 솟아나고 있었다.

그때 나는 생각했다.

'내가 무슨 잘못을 했다고 두려워해야 하는 거지? 내가 원하는 것이라곤 그저 학교에 다니는 것뿐인데. 그건 범죄가 아니잖아. 내 권리라고.'

게다가 나는 지아우딘 유사프자이, 탈레반에게 감히 맞선 사람의 딸이었다. 가슴은 떨릴지라도, 결코 고개를 숙이고 다니지는 않을 것이다.

2007년 10월, 우리에게 희망을 준 사건이 있었다. 베나지르 부토, 파키스탄 최초의 여성 총리였던 그가 그해 선거에 출마하기 위해 영국에서 돌아오고 있었다. 그는 내가 두 살 때부터 망명 생활을 하고 있었지만 나는 그의 이야기를 들으며 자라 왔다. 여성으로서 베나지르 부토는 나와 같은 소녀들에게 우상이었다. 그리고 테러리스트에 대항하여 목소리를 높일 수 있는 용기를 가진 유일한 정치인이기도 했다.

우리 가족은 그의 귀국이 중계될 때 TV 앞에 붙어 있다시피 했다. 우리는 베나지르 부토가 거의 구 년 만에 처음으로 파키스탄 땅을 밟으며 우는 모습을 지켜보았다. 어머니는 감동을 받았지만 무슨 일이 생길까 두려워했다. 어머니는 TV를 보며 말했다.

"죽으려고 오셨어요?"

그가 돌아오면 위험하다는 것은 모두가 다 알고 있었기에 그의 안전을 기원했다.

그로부터 머지않아, 두 달 정도 지난 후 베나지르 부토는 사망했다. 이 모든 것도 TV를 통해 바로 내 눈앞에서 일어난 일처럼 볼 수 있었다.

"우리는 극단주의와 무장 세력을 국민의 힘으로 물리쳐야 합니다."

베나지르 부토가 방탄차의 선루프 위로 몸을 내밀고 서서 지지자들에게 손을 흔들며 말했다.

총소리와 요란한 폭발음이 들렸다. 나는 숨도 쉬지 못하고 그가 차 안으로 쓰러지는 장면을 보았다. 어머니, 아버지, 할머니 모두 눈물을 터뜨렸다. 베나지르 부토는 테러리스트에게 공격을 받은 첫 여성이었다. 우리 모두 그에게 무슨 일이 생길까 두려워하고 있었지만 탈레반이 여자를 공격하리라곤 생각지 않았었다. 여성을 죽이는 일은 파슈툰왈리에서 금지한 일이었다. 우리는 크게 충격을 받았다.

처음 든 생각은 이것이었다.

'베나지르 부토를 죽일 수 있다면, 아무도 안전하지 않다.'

파키스탄에서는 아무도 안전하지 않았다. 여성들도 안전하지 않아 자기 마을 거리를 혼자 걸을 수 없었다. 남성들도 안전하지 않아 온갖 사소한 이유로 태형을 받았다. 아이들도 안전하지 않아 쓰레기 더미에서 일해야 했다. 심지어 단지 학교에 다니고 싶어 하는 나 같은 아이조차 안전하지 않았다.

그날 내 마음에서 작은 목소리 하나가 내게 속삭였다.

'네가 가서 여성의 권리를 위해 싸우지 그러니? 싸워서 파키스탄을 더 나은 곳으로 만들지 그러니?'

나는 그즈음 뉴스 채널인 돈, 키베르 뉴스와 인터뷰를 했었다.

여학생들의 교육받을 권리에 대한 내용이었고, 좀 떨기는 했지만 인터뷰를 잘 마쳤으며, 인터뷰가 마음에 들었다.

식구들이 울고 있는 가운데 나는 비밀스러운 약속을 했다.

'나는 우리나라의 평화와 민주주의를 위한 싸움을 계속해 나갈 거야.'

나는 그때 겨우 열 살이었지만 어떤 식으로든 길을 찾을 수 있을 거라고 확신했다.

09

하늘에서 떨어지는 사탕

2007년 가을 어느 날, 교실에 앉아 있던 우리는 밖에서 나는 엄청난 굉음을 들었다. 학생들과 선생님들까지 모두 운동장으로 달려 나가 하늘을 보았다. 거대한 군용 헬리콥터 한 무리가 하늘을 검게 뒤덮고 있었다. 헬리콥터들은 바람을 일으키며 흙먼지 폭풍을 만들었다. 우리는 두 손으로 귀를 막고 서로에게 소리를 지르며 말했지만 소음에 삼켜져 들리지 않았다.

그러다 탁, 하며 발치에 뭔가 떨어지는 소리가 났다. 탁! 탁! 탁! 우리는 소리를 질렀고, 그러고 나서 환호했다. 그것은 토피 사탕이었다. 군인들이 우리에게 사탕을 던진 것이다. 우리는 큰 소리로 웃으며 토피 사탕을 잡기 위해 뛰어다녔다.

우리는 너무나 즐거웠기에 어느 정도 시간이 지난 뒤에야 무슨 일이 일어나고 있는지 알아차렸다. 파즐울라로부터 스와트를 구출하기 위해 정부군이 온 것이다! 우리는 함성을 지르며 박수를 쳤고 깡충깡충 뛰었다. 하늘에서 사탕이 떨어졌고, 스와트에 평화가 찾아올 것이다!

곧 어딜 가나 군인들을 볼 수 있었다. 심지어 밍고라 골프장에도 헬리콥터가 내려앉아 있었다. 스와트에서 군인들을 보는 것이 낯설었다. 우리는 파즐울라와 검은 터번을 쓰고 소총을 든 그의 부하들과 대항할 누군가를 보내 달라고 기도했었다. 그런데 지금 우리 도시는 초록색 군복을 입고 소총을 든 사람들로 가득 찼다.

하룻밤 만에 파즐울라의 부하들이 마치 눈이 녹아 사라지듯 그렇게 사라져 버렸다. 그러나 우리는 그들이 멀리 간 것이 아님을 알고 있었다. 그들은 불과 몇 킬로미터 이동했을 뿐이며 밍고라는 여전히 긴장과 공포의 도시였다. 매일 방과 후 나는 동생들을 챙겨 집으로 곧장 달려가 문을 잠갔다. 골목에서 크리켓을 하는 일도 없었다. 거리에서 숨바꼭질도 하지 않았다. 그리고 더 이상 하늘에서 사탕이 떨어지는 일도 없었다.

어느 날 저녁, 사원 꼭대기 스피커에서 소리가 들렸다. 군에서 통행금지령을 내린 것이다. 우리는 통행금지라는 말이 무슨 뜻인지 알지 못했다. 그래서 나는 사피나네로 통하는 담을 두드리며 누군가 나와서 담장 구멍에 대고 설명해 주기를 바랐다. 곧 사피나와 사피나의 어머니, 오빠가 우리 집으로 왔고, 그 말의 의미는 일정 시간 이후에는 늘 실내에 있어야 하며 외출을 할 수 없다는 뜻이라고 말했다. 동생들과 나는 너무나 무서워 방 밖으로도 나가지 않았다. 우리는 방 안에서 커튼 사이로 집 밖 텅 빈 거리를 훔쳐보았다.

그날 밤, 환한 흰색 빛 한 줄기가 하늘을 가로지르며 번득였고 마치 카메라 플래시가 터지듯 순간적으로 방이 환해졌다. 쿵! 땅이 뒤흔들렸다. 나는 놀라 침대에서 뛰어나와 부모님에게 달려갔다. 쿠샬과 아탈도 뛰어왔다. 우리 모두 몸을 떨며 서로를 감싸안았다. 그릇들이 덜그럭거렸고 가구들이 흔들렸으며 창문이 덜컹거렸다. 그러고 몇 분 지나지 않아 군인들이 도시 외곽에서 총을 쏘기 시작했다. 그렇게 폭탄이 터지고 총소리가 날 때마다 우리는 서로를 꽉 껴안았고 그러다 지쳐 잠이 들었다.

다음 날 아침, 잠에서 깨니 마치 길고 무서운 꿈에서 깨어난 것만 같았다. 밤새 폭탄이 터졌음에도 기이하게 잠잠한 분위기였다. 군대가 탈레반을 완전히 물리친 걸까? 대문 밖을 살짝 내다보니 동네 사람들이 모여 서서 이야기를 하고 있었다. 아버지가 무슨 일인지 알아보러 나갔다가 찌푸린 얼굴로 돌아왔다. 거리에 퍼진 소문에 의하면 탈레반이 스와트를 장악할 것이라 했다. 군의 공격은 무력했다. 가슴이 무너져 내렸다.

만 명의 군인이 더 파견되었고, 싸움은 밤이나 낮이나 할 것 없이 일 년 반 동안 계속 되었다. 늘 내가 먼저 부모님에게 달려갔고, 뒤이어 동생들이 따라왔다. 침대가 너무 좁았기에 나는 바닥에 담요를 쌓고 자야 했다.(전쟁 한가운데서도 나는 내 자리를 빼앗는 두 동생 때문에 짜증이 나곤 했다!)

이상하게 들릴지도 모르지만 우리는 폭탄 공격에 익숙해져 갔다. 때로 아탈은 그 와중에 깨지 않고 잠을 자기도 했다. 쿠샬과 나는 전투가 어디서 벌어지고 있는지 알아맞힐 수 있게 되었다. 전투가 가까운 곳에서 벌어지고 있으면 정전이 되었고, 먼 곳에서 일어나고 있으면 전기가 나가지 않았다. 세 가지 종류의 공격이 있었는데, 우리는 그 세 가지를 구분할 줄 알게 되었다. 폭탄 공격은 탈레반에서만 했고, 때로는 원격 조종으로 이루어졌지만 자살 폭탄 테러일 때도 있었다. 헬리콥터에서 포격을 하거나 산 정상에서 대포를 쏘는 것은 정부군이었다. 세 번째는 기관총이었는데 그것은 양쪽 다 사용했다.

나는 밤이 되면, 특히 폭탄이 터질 때면 두려움에 부모님 방 바닥 내 자리에서 코란의 특별한 구절, '아야트 알쿠르시'를 외웠다. 그 구절을 세 번 외우면 어떤 종류의 위험과 악마에게서도 우리의 집을 지켜 낼 수 있다고 했다. 다섯 번을 외우면 우리 거리가 안전해지고, 일곱 번을 외우면 동네 전체가 안전해진다고 했다. 나는 일곱 번, 여덟 번, 아홉 번, 그렇게 외우다가 너무나 많이 외운 나머지 몇 번인지 잊어버리고 말았다. 그때 나는 신께 말했다. "우리를 축복하고 우리를 보호하소서. 우리 아버지와 우리

가족을 축복하소서." 그러다 고쳐 기도했다. "아니 우리 거리를, 아니 우리 동네를 축복하소서. 스와트 전체를 축복하소서." 그리고 나는 또 기도했다. "파키스탄 전체를, 아니 파키스탄뿐 아니라 이 세상 전체를 축복하소서."

나는 내 기도가 하늘로 떠올라 신께 다가가는 광경을 그려 보았다. 어쨌든 아침마다 우리는 별 탈 없이 무사한 상태로 깨어났다. 다른 사람의 운명에 대해선 잘 알지 못하지만, 나는 모두의 평화를 기원했다. 특히 스와트의 평화를.

어느 날 마침내 내 기도가 응답을 받았다. 정부군이 완전히 승리한 것은 아니지만 적어도 탈레반을 몰아냈고, 멀리 쫓진 못했다 하더라도 몸을 숨기게는 만들었던 것이다.

10

2008년, 테러리즘의 두려움

폭탄이 터지고 사람이 죽어 갔음에도 어떤 식으로든 일상은 계속되었다. 학교는 전쟁의 한가운데서 도시를 뒤덮은 광기를 피할 수 있는 안식처가 되어 주었다. 하지만 폭탄과 통행금지(통행금지는 낮 시간에도 불시에 시행될 수 있었다.) 사이에서 학교에 가는 일이 늘 가능하지는 않았다. 학교에 가도 머리 위를 나는 헬리콥터 소음에 아무것도 들을 수 없었고 그런 날엔 결국 수업을 일찍 끝내고 집으로 가야 했다. 하지만 학교가 열려 있는 한 나는 학교에 갔고, 친구들과 함께 시간을 보내고 선생님들에게서 배울 준비가 되어 있었다.

친구들과 나는 이제 상급학교로 진학했고, 우리의 우정 어린 경쟁은 더욱 치열해졌다. 우리는 좋은 성적을 받는 것으로 만족

하지 않았고 항상 일등을 하고 싶어 했다.

그저 최고가 되고 싶었던 것만은 아니다. 물론 최고가 되었을 때 기뻐하긴 했지만. 초등학교의 울파트 선생님 같은 분들이 "훌륭해!" "잘했어요!"라고 칭찬해 줄 때면 기분이 날아오랐다. 선생님의 인정을 받으면 내가 대단한 사람처럼 생각되었다! 여자는 약하고 요리와 청소 외에는 아무것도 할 수 없다고 여기는 사회에서 나에게도 '능력'이 있다는 생각을 하게 되는 것이다. 선생님이 위대한 지도자와 과학자들도 모두 한때는 어린이였다는 이야기를 하면, 어쩌면 우리도 앞으로 위대한 인물이 될 수 있겠다는 생각도 하게 되었다. 너무나도 많은 사람들이 여자를 학교에 보내는 것이 낭비라고 믿는 나라에서 우리가 우리 자신의 꿈을 믿도록 도와주는 사람들은 바로 선생님이었다.

나는 상급학교에서도 훌륭한 선생님을 만났다. 마리암 교장 선생님이었다. 현명하고 독립적인 선생님의 모습은 바로 내가 되고자 하는 어른의 모습이었다. 선생님은 대학을 나왔고, 직업을 가지고 스스로 일해서 돈을 벌고 있었다.

상급학교의 교과목들은 더욱 어려워졌다. 우리는 대수, 화학, 내가 가장 좋아하는 물리도 배웠다. 선생님들에게는 칠판과 분필뿐이었지만 우리는 호기심이 가는 대로 자유롭게 멀리 상상력을 펼칠 수 있었다. 화학 시간에 한 아이가 질문을 했다.

"모든 것이 원자로 만들어졌다면, 그러면 원자는 무엇으로 만

들어졌나요?"

다른 학생이 물었다.

"전자가 지속적으로 움직이고 있다면 왜 제가 앉은 이 의자는 움직이고 있지 않나요?"

선생님은 그날 수업 진도를 뒤로 미뤘고, 우리는 마음껏 질문을 던질 수 있었다.

하지만 그 당시 우리의 화제는 대부분 정부군과 탈레반이었다. 스와트 사람들은 모두 그 사이에 끼어 있었기 때문이다. 한 친구는 이렇게 얘기하며 나를 화나게 했었다.

"탈레반이 좋은 편이야. 군대가 나쁜 편이고."

그럴 때면 나는 늘 이렇게 대답하곤 했다.

"군대와 무장 세력 사이에 끼어 있을 땐 좋은 편이 없는 거야."

학교에서 집으로 돌아오는 길은 늘 긴장되고 무서웠기에 일단 집으로 들어와 안전해지면 나는 그저 쉬고 싶었다. 어느 날 동생들보다 먼저 집에 도착한 나는 리모컨 때문에 쿠샬과 싸우지 않아도 되는 것을 기뻐하며 내가 제일 좋아하는 새 프로그램인 〈샤라라트〉를 보려고 자리를 잡았다. 샤라라트는 '이간질시키기'라는 뜻으로 그냥 발리우드 코미디였지만 나는 그 쇼를 좋아했다.

TV를 켰는데 화면은 정지 상태였고 잡음만 들렸다. 나는 채널을 바꿔 보았다. 더 많은 잡음이 들렸다. 나는 모든 채널을 다 돌려 보았다. 어느 채널도 나오지 않았다. 처음에 나는 또 짜증 나는 정전이라 생각했다. 그즈음 거의 매일 정전이 되곤 했기 때문이다. 그러나 그날 밤 나는 그것이 파즐울라의 부하들이 모든 케이블 채널을 다 끊어 버렸기 때문임을 알게 되었다. 그들은 TV가 하람이라고 주장했다. 여자들이 연애를 하고 머리도 가리지 않는 서구 세계를 보여 주기 때문이라고 했다. 공영 정부채널 외에는 남은 것이 없었고, 우리는 바깥세상과 완전히 단절되었다.

그 와중에도 파즐울라는 설교 방송을 계속하고 있었다. 여자들은 집에 있어야 한다고 그는 설파했다. 우리는 애써 그를 무시했다. 그러던 어느 날 집에 돌아온 나는 아버지가 얼굴을 두 손에 묻고 있는 것을 보았다.

"아, 자니."

아버지가 말했다.

"세상이 아주 미쳤구나. 파즐울라와 부하들이 마타에 있는 여학교를 폭파했단다."

나는 가슴이 쿵 하고 떨어지는 것만 같았다. 파즐울라가 파괴한 학교는 초등학교였다. 어린아이들이 읽고 쓰고 셈하는 것을 배우겠다고 모이는 곳에 폭탄을 던진 것이다. 밤이었고, 학생들이 없을 때였지만 그래도 매한가지로 잔인한 행동이었다. 도대체 왜? 왜 학교 건물이 탈레반에게 그렇게 위협적인 존재란 말인가? 나는 생각지 않을 수 없었다.

나는 학교를 잃은 아이들을 위한 기도를 올린 후 쿠샬 학교를 보호해 달라는 기도도 올렸다.

"신이시여, 제발 우리 계곡을 지켜 주시고 이 폭력을 멈추어 주십시오."

파즐울라는 매일 새로운 대상을 골라 공격했다. 상점, 도로, 다리, 학교. 대부분은 밍고라 외곽이었지만 점점 범위를 좁혀 오고 있었다. 점점 더 가까이.

어느 날 나는 부엌에서 설거지를 하고 있었다. 대개는 설거지를 하지 않으려 꾀를 피우지만 그날은 어쩔 수 없었다. 그런데 아주 가까이에서 폭탄이 터져 집 전체가 흔들렸고 창문 위에 있던 선풍기가 떨어졌다. 내가 어떤 반응을 보일 새도 없이 전기가 나갔다. 이런 거구나, 폭탄이 터지고, 그리고 어둠이 내리고. 그러고 나서 적어도 한 시간 이상 전기가 끊어졌다.

며칠 후 탈레반의 공격이 또 일어났다. 지난번 공격에서 희생당한 사람의 장례식이 치러지고 있었다. 조문객들이 모였을 때 자살 폭탄 테러범이 폭탄을 터뜨렸다. 50명이 넘는 사람이 죽었고, 그 가운데는 모니바의 가족도 포함되어 있었다.

나는 테러리즘이란 말을 들으며 자랐지만 그것이 진짜 의미하는 바는 이해하지 못했었다. 테러리즘은 전쟁과는 달랐다. 군인들끼리 전투를 벌이는 전쟁과는 달리 테러리즘은 모든 사람을 조이는 공포였다. 다음 날 또 어떤 끔찍한 일이 일어날지 몰라 두려움 속에 잠드는 일이었다. 내가 사는 동네를 걸으면서도 누구를 신뢰해야 할지 모르는 일이었다. 테러리즘은 아침에 아버지가 집을 나서면 밤에 돌아오지 못할까 봐 걱정해야 하는 것이었다.

이제 적은 사방에 있었고 공격은 어디에서나 일어났다. 하루는 가게 한 곳이 파괴되었다. 다음 날에는 주택 한 곳이. 온갖 소문이 돌았다. 파괴된 가게의 주인이 파즐울라를 배신하고 군을 도왔다고 했다. 공격당한 주택의 주인은 정치활동가였다고 한다. 하루는 다리가 파괴되었고, 다음 날엔 학교가 폭파되었다. 어느 곳도 안전하지 않았다. 누구도 안전하지 않았다.

우리 가족은 평소처럼 생활하려 노력했지만 늘 긴장을 놓을 수 없었다. 폭탄이 터지는 일은 일상생활의 한 부분이 되었고 우리는 폭발 소리를 들을 때마다 같은 행동을 되풀이했다. 우선 서로의 이름을 외치며 모두 안전한지 확인했다. 카이스타*, 피쇼, 바비**, 쿠샬, 아탈!

그러고 나면 사이렌 소리가 들리는지 귀를 기울였다. 그리고 기도를 올렸다.

이런 식의 무작위 테러 때문에 우리는 평소와 다르게 살아야 했다. 아버지는 혹시 출퇴근 경로를 감시하는 사람이 있을까 봐

---

* '아름다운 사람'이라는 뜻. 말랄라의 가족이 아버지를 부르는 애칭.
** '내 형제의 아내'라는 뜻으로, 학교 선생님들이 말랄라의 어머니를 부르던 말이 애칭으로 굳어짐.

매일 다른 길을 택해 다니기 시작했다. 어머니는 시장 가는 일을 꺼렸고, 동생들은 환한 대낮에도 집 안에 머물러 있었다. 우리 집 근처에서 폭탄이 터졌을 때 두 번 다 내가 부엌에 있었기 때문에 나는 가능한 한 부엌 근처에는 얼씬도 하지 않았다. 하지만 어떻게 사람이 자기 집을 두려워하며 살 수 있단 말인가? 시장이 교전 지역인데 어떻게 어머니가 가족을 위한 음식을 장만할 수 있겠는가? 폭탄이 바로 발아래에서 터질 수 있는데 어떻게 아이들이 모여 크리켓을 할 수 있겠는가?

밤이 되면 상황은 더욱 악화되었다. 어둠이 떨어지면 우리는 삐걱거리는 소리 하나에도 화들짝 놀랐고, 그림자 하나에도 겁을 먹었다. 파즐울라 부하들이 공격을 하는 때는, 특히 학교를 폭파하는 시간은 밤이었다. 그래서 아침마다 나는 쿠샬 학교로 향하는 모퉁이를 돌기 전 눈을 감고 기도를 했고, 혹시라도 밤새 학교가 폐허로 변하지 않았을까 걱정하며 두려움 속에 눈을 떴다. 테러리즘이 주는 공포란 그런 것이다.

2008년 한 해 동안 탈레반은 200개의 학교를 폭파시켰다. 자살 폭탄 테러와 표적 살인은 늘상 일어나는 일이었다. 음반 상점들이 문을 닫았고, 딸들이 학교에 다닐 수 없었고, 라마단 기간 동안 밍고라에는 전기도 가스도 없었다. 파즐울라의 부하들이 전력망과 가스관을 폭파했기 때문이다.

어느 날 밤, 우리 집 아주 가까운 곳에서 폭발음이 들렸을 때 나는 아버지에게 물었다.

"지금 무서우세요?"

아버지가 말했다.

"밤이 되면 두려움은 더 커진단다, 자니. 하지만 아침이 되면, 빛을 보면, 다시 우리는 용기를 되찾게 된다."

3부

나의 목소리를 찾아서

11

의견을 말할 기회

밤이든 낮이든 아버지의 용기는 결코 흔들리지 않았다. 심지어 협박 편지를 받아도, 친구들에게서 주의하라는 조언을 들어도 전혀 굴하지 않았다. 학교들에 폭탄 테러가 계속되는 동안에도 아버지는 앞장서서 그들을 비판했다. 심지어 아직 연기가 가시지 않은 현장으로 달려가기도 했다. 그리고 아버지는 이슬라마바드와 페샤와르를 오가며 정부의 도움을 요청했고 탈레반을 비난하는 연설을 했다.

어머니는 가족을 염려했다. 어머니는 우리가 학교에 가기 전에도, 학교에서 돌아온 후에도 우리를 꼭 끌어안고 기도를 했다. 그리고 밤이면 늦은 시간까지 손에 전화를 들고 매 시간마다 아버지에게 전화하고 싶은 마음을 애써 억누르곤 했다.

어머니는 만일 탈레반이 집에 왔을 경우 어떻게 할지 계획을 세우기도 했다. 어머니는 베개 밑에 칼을 놓고 잘 생각을 했었다. 나는 화장실로 숨어 들어가 경찰에게 전화하겠다고 했다. 예전에 내가 소원했던 마술 연필이 떠올랐다. 지금이야말로 내 기도들 중 어느 것이든 응답을 받을 수 있으면 좋겠다고 생각했다.

학교에서도 친구들과 우리가 무엇을 할 수 있을지 생각해 보았다. 마리암 선생님과 아버지는 우리에게 에세이와 연설문을 쓰도록 했다. 우리는 글을 통해 탈레반이 여학교를 파괴하고 있는 것에 대한, 그리고 학교가 우리에게 얼마나 의미 있는 곳인가에 대한 생각과 감정을 표현할 수 있었다. 우리는 직접 쓴 글을 발표하는 시간을 갖기로 했다. 비록 많지 않은 숫자의 상급학교 여학생들이 모이는 집회였지만 우리는 그것을 평화의 집회라 불렀다.

집회가 있던 날 한 파슈토어 TV 방송국 사람들이 우리 학교에 왔다. 우리는 놀라우면서도 신이 났다. 여학생 한 무리가 평화에 대해 이야기하는 것에 관심 가져 줄 사람은 아무도 없을 거라 생각했기 때문이다. 어떤 아이들은 떨린다고 했지만 나는 이미 몇 차례 인터뷰 경험이 있었기에 카메라 앞에서 좀 더 태연할 수 있었다. 하지만 솔직히 말하자면 속으로는 나도 떨렸다.

쿠샬 학교는 민주적이었기 때문에 모든 여학생이 말할 기회를 가졌다. 상급생이 먼저 이야기를 했다. 그들은 겁에 질려 학교를 그만두어야 했던 친구들에 대해 말했다. 그리고 우리가 얼마나 배움을 사랑하는지 이야기했다.

모니바의 차례가 되었다. 우리 학교 웅변 챔피언인 모니바가 앞으로 나가 시인처럼 이야기를 했다.

"파슈툰은 종교를 사랑하는 부족입니다. 그런데 탈레반 때문에 온 세상 사람들이 우리를 테러리스트라고 부릅니다. 그건 사실이 아닙니다. 우리는 평화를 사랑하는 사람들입니다. 우리의 산, 우리의 나무, 우리의 꽃, 우리 계곡에 있는 모든 것이 평화를 상징합니다."

모니바의 연설이 끝나고 내 차례가 되었다. 입이 바싹 말라 있었다. 인터뷰 전에 종종 그렇듯이 조금 불안했지만 평화와 교육에 대한 메시지를 전할 소중한 기회임을 잘 알고 있었다.

마이크가 내 앞에 놓이자마자 말이 흘러나왔다. 확신에 찬, 단호하고 강인한, 그리고 자부심이 가득한 말들이었다.

"지금은 석기시대가 아닙니다. 그런데도 우리는 그 시절로 퇴보하고 있는 느낌입니다. 우리 여학생들은 점점 더 많은 권리를 박탈당하고 있습니다."

나는 내가 얼마나 학교를 사랑하는지에 대해 이야기했다. 계속 배우는 일이 얼마나 중요한지에 대해서도.

"우리는 아무도 두려워하지 않으며, 배우기를 계속할 것입니다. 이것이 우리의 꿈입니다."

나는 그 순간 이야기를 하고 있는 것이 나, 말랄라가 아님을 깨달았다. 내 목소리는 소리 높여 의견을 말하고 싶으나 하지 못하는 많은 다른 사람들의 목소리였던 것이다.

마이크를 앞에 두니 마치 내가 온 세계를 향해 이야기를 하고 있는 기분이었다. 나는 지역 TV 방송국에 이야기를 하고 있을 뿐이었지만, 그럼에도 봄이 되면 바람이 꽃가루를 퍼뜨리고 온 세상에 씨를 뿌리듯이 내가 한 말을 실어 나를 것 같았다.

내게는 재미있는 버릇이 생겼다. 거울을 보며 연설을 하는 것이었다. 우리 집은 샹글라에서 온 친척들로 자주 붐볐다. 병원 진료나 쇼핑을 위해 밍고라에 오는 이들이었다. 부엌엔 늘 친척 여자들이 모여 이런저런 이야기를 하고 있었고, 사랑방엔 친척 남자들이 모여 논쟁을 벌였다. 어린아이들도 한가득이어서 놀고, 울고, 싸우는 소리가 끊이지 않았다. 이 번잡함과 어수선함을 피해 나는 종종 욕실로 탈출해 거울을 들여다보았다. 거울 속에는 내 모습이 아니라 내게 귀를 기울이고 있는 수많은 사람들이 보였다.

나를 백일몽에서 깨어나게 하는 것은 어머니의 목소리였다.

"피쇼, 그 안에서 뭘 하고 있니? 손님들이 화장실을 써야 하잖니."

화장실 거울을 향해 연설을 하다 때로 우스꽝스럽다고 느끼기도 했다. 그럼 나 자신에게 말하곤 했다.

"말랄라, 도대체 뭘 하는 거니?"

어쩌면 나는 지금도 빈 교실에서 선생님 흉내를 내던 그 어린 말랄라일지도 모른다고 생각했다. 그러나 그 이상의 무언가가 있었다.

거울 속의 그 소녀는, 세상을 향해 연설하는 상상을 하던 그 소녀는 미래의 말랄라였는지도 모른다. 2008년 내내, 우리 스와트가 공격당하고 있는 동안 결코 침묵하지 않던 말랄라. 나는 지역뿐 아니라 전국 TV 채널, 라디오, 신문 등 내 말에 귀를 기울여 주는 이들이라면 가리지 않고 나의 생각을 밝혔다.

12
굴 마카이의 일기

"1월 15일 이후 여자는, 나이를 불문하고 모두 학교에 가서는 안 된다. 이를 지키지 않을 시 우리가 어떤 행동을 취할지 알고 있으리라 믿는다. 부모와 교장은 응당 책임을 지게 될 것이다."

2008년 12월 말 라디오 물라가 방송한 내용이다. 처음에는 그저 정신 나간 포고문 중 하나려니 생각했다. 지금은 21세기가 아닌가! 어떻게 한 사람이 5만 명이 넘는 여학생들이 학교에 가는 것을 막을 수 있단 말인가?

나는 낙천적인 사람이다. 내 친구들은 내가 지나치게 낙천적이라고, 심지어 좀 미쳤다고 할지도 모르겠다. 어쨌든 난 이 남자가 우리를 막을 수 있을 거라 믿지 않았다. 학교에 가는 것은 우리의 당연한 권리였다.

우리는 교실에서 그의 포고령에 대해 토론했다.

"누가 그 사람을 막을 수 있어?"

한 아이가 말했다.

"탈레반은 이미 학교 몇백 개를 폭파시켰지만 누구도 아무것도 할 수 없었잖아."

"우리가 해낼 거야."

내가 말했다.

"우리가 정부에 요청하는 거야, 이 미친 짓을 끝내 달라고."

"정부?"

다른 아이가 반문했다.

"정부는 파즐울라의 방송국 하나도 폐쇄시키지 못하잖아!"

토론은 끝없이 이어졌고 나는 포기하지 않았다. 하지만 내가 생각해도 내 주장의 근거가 좀 약하게 들렸다.

하나둘씩 아이들이 학교에 오지 않았다. 아이들의 아버지가 등교를 금지시켰다. 아이들의 오빠가 길을 막았다.

며칠이 지나자 스물일곱 명이던 우리 학년은 열 명으로 줄었다. 나는 슬픔과 좌절을 느꼈지만 한편으론 이해할 수 있었다. 우리 문화에서 여자들은 가족 내 남자들의 말을 거역할 수 없었다. 그리고 그들의 아버지와 오빠와 삼촌 들도 모두 그 아이들의 안전을 염려해서 한 행동이었다. 그래도 우울해지는 것은 어쩔 수 없었고, 여자아이들을 학교에 못 가도록 막는 가족들이 파즐울라에게 굴복한 것처럼 느껴지는 것도 어쩔 수 없었다. 그래서 나 자신이 그런 패배감에 빠져드는 것을 깨달을 때마다 나는 신께 이야기를 하곤 했다.

“학교에 갈 수 있는 날이 얼마 남지 않았습니다. 그 하루하루를 소중하게 여기도록 도와주세요. 그리고 더 오래 학교에 다닐 수 있도록 더 열심히 싸울 용기를 주세요.”

원래 학교는 1월 첫 주를 마치고 겨울방학에 들어가도록 되어 있었다. 아버지는 겨울방학을 연기해서 우리가 1월 14일까지 다닐 수 있도록 했다. 그렇게 우리는 우리에게 남은 시간을 모두 모아 아껴 썼던 것이다. 그리고 우리 학년에 남아 있던 열 명의 여학생들은 매일 방과 후에도 한동안 운동장에 머물고는 했다. 그것이 우리가 함께 모일 수 있는 마지막 기회일지도 모르기 때문이었다.

저녁마다 나는 학교에 가지 못하면 무엇을 하고 살아야 하나 생각했다. 우리 학교 여학생 중에는 파즐울라의 포고령이 있기 전에 결혼을 하고 학교를 그만둔 아이가 있었다. 그 아이는 열두 살이었다. 우리 부모님은 내게 그렇게 하지 않을 거라는 것을 알았지만 나 자신이 무엇을 하며 살아야 할지는 막막했다. 내 남은 평생을 사람들 눈에 띄지 않게 집 안에서, TV도 보지 못하고 책도 읽지 못하고 살아야 한다면 어떻게 공부를 끝마치고 의사가 된단 말인가? 그때는 의사가 되는 것이 나의 가장 큰 꿈이었다. 나는 신발 상자로 만든 인형 집을 가지고 놀며 생각했다.

'탈레반은 파키스탄의 모든 소녀들을 다 똑같은, 생명 없는 인형으로 만들려 하고 있어.'

우리가 1월 15일까지 남은 날들을 하루하루 아쉬워하며 보내고 있는 동안에도 파즐울라는 공격을 멈추지 않았다. 그 전해도 힘들고 고통스러웠지만 2009년 1월 우리는 우리 생애에서 가장 암울한 나날들을 보내고 있었다. 아침마다 학교에 온 아이들은 그 전날 밤 누군가 죽었다고, 때로는 두 사람이, 때로는 세 사람이 죽임을 당했다는 이야기를 하곤 했다. 파즐울라의 부하들은 밍고라에서 한 여자를 살해했다. 파하시, 즉 외설이라는 이유였다. 그는 댄서였다. 그리고 또 한 남자를 죽였는데, 그가 탈레반 방식으로 바지를 발목이 보이도록 짧게 입는 것을 거부했다는 것이 이유였다. 그리고 이제 우리가 학교 가는 일을 금지당할 차례가 오고 있었다.

어느 오후, 아버지가 전화하는 내용을 들었다.

"선생님들 모두 거절했네. 다들 아주 두려워하고 있어. 하지만 내가 최선을 다해 보겠네."

영국의 영향력 있는 방송국인 BBC에서 일하는 아버지의 친구가 탈레반 치하에서의 일상을 글로 써 줄 사람을 찾아 달라고 했던 것이다. 교사든 학생이든 좋았고, 그 글은 우르드어로 된 BBC

웹 사이트에 연재할 예정이었다. 선생님들은 모두 거절했고, 마리암 교장 선생님의 여동생이자 상급반 학생인 아예샤가 글을 쓰겠다고 했다.

다음 날 아예샤의 아버지가 학교로 찾아왔다. 그는 딸이 글 쓰는 일을 허락할 수 없다고 했다.

"너무 위험합니다."

아버지는 그의 말을 반박하지 않았다. 아무리 탈레반이 잔인하다 해도 아이를 해치지는 않을 것이라 말하고 싶었지만 아버지는 아예샤 아버지의 결정을 존중했고 BBC에 그 소식을 전하기로 했다.

"난 안 돼요?"

나는 거우 열한 살이었다. BBC가 나처럼 어린아이가 아닌 더 나이 많은 사람을 원한다는 것은 알고 있었다.

아버지는 희망적이면서도 걱정스러운 표정을 지었다. 아버지는 자신의 의견을 밝히는 일에 주저하지 않는 용기 있는 사람이었다. 하지만 파키스탄 지역 언론에 인터뷰를 하는 것과 이 일은 성격이 달랐다. BBC가 아닌가. 파키스탄 외부 사람들이 읽을지도 모를 글이었다.

아버지는 어떤 경우든 나를 지켜 주었다. 나도 아버지를 위해 그럴 수 있을까? 생각할 것도 없었다. 나는 학교에 계속 다닐 수만 있다면 무슨 일이라도 할 것이다. 하지만 먼저 우리는 어머니에게 이야기를 하러 갔다. 어머니가 두려워한다면 나는 이 일을 하지 않을 생각이었다. 어머니의 격려가 없다면 절반의 심장만 가지고 이야기하는 것이나 다름없기 때문이다.

그런데 어머니가 찬성해 주었다. 어머니는 코란 구절로 답을 대신했다.

"거짓은 사라져야 하고 진실이 앞으로 나서야 한다."

신이 나를 보호해 주실 거라고, 왜냐하면 나의 임무가 선한 것이기 때문이라고 어머니가 말했다.

스와트 사람들은 어디를 가든 위험과 마주쳐야 했다. 하지만 우리 가족은 삶을 그런 식으로 보지 않으려 했다. 우리는 가능성을 보았다. 그리고 고향을 위해 일어서 싸워야 한다는 책임감을 느꼈다. 아버지와 나는 긍정적이고 낙천적인 사람들이다.

"모든 게 다 잘될 거야."

우리는 늘 그렇게 말하곤 했다. 어머니는 우리에게 바위 같은 존재였다. 우리 머리가 하늘에 떠 있을 때 어머니의 발은 굳건히 땅을 딛고 있었다. 우리 모두 희망을 믿었다.

"당당히 의견을 밝히는 일만이 상황을 나아지게 할 유일한 길이다."

어머니가 말했다.

나는 전에는 한 번도 일기를 써 본 일이 없어 어떻게 시작을 해야 할지 몰랐고, 그래서 BBC 특파원이 나를 도와주겠다고 말했다. 그는 어머니의 전화로 전화를 걸었다. 우리 집에 컴퓨터가 있었지만 정전이 잦았고 밍고라에서 인터넷이 되는 곳도 많지 않았다. 그는 처음에 정보부의 도청을 우려하여 자기 아내의 전화를 이용했다.

특파원은 내게 가명을 사용할 것을 권했다. 나는 이름을 바꾸고 싶지 않았지만 그는 나의 안전을 염려했다. 그는 내게 '굴 마카이'라는 가명을 주었다. 수레국화라는 뜻으로 파슈툰 민담에 나오는 주인공 이름이다.

나의 첫 번째 일기는 2009년 1월 3일에 실렸다. 파즐울라가 통첩한 최종 기한 이 주일 전이었다. 제목은 '나는 두렵다'였다. 도시 외곽에서 끊임없이 들려오는 전투의 소음 속에서 공부를 하고 밤에 잠을 자는 일이 얼마나 힘든지에 대해 썼다. 그리고 매일 아침 걸어서 학교에 갈 때마다 탈레반이 나를 따라오고 있지는 않은지 뒤돌아보곤 한다는 내용이었다.

나는 내 방이라는 사적인 공간에서 가명으로 글을 쓰고 있었지만, 인터넷 덕분에 온 세상 사람들이 스와트에서 일어나고 있는 일에 관해 읽을 수 있게 되었다. 신께서 마술 연필을 바라던 나의 소원을 마침내 이뤄 주신 것만 같았다.

다음 글에서는 학교가 얼마나 소중한 내 생활의 중심인지, 그리고 내가 교복을 입고 밍고라 거리를 걷는 일을 얼마나 자랑스러워하는지에 대해 이야기했다.

굴 마카이가 되는 일은 신 나는 일이긴 했지만 아무에게도, 특히 학교에서 그 이야기를 할 수 없다는 것은 힘든 일이었다. 익명의 파키스탄 여학생의 일기는 벌써 많은 사람들에게 화제였다. 심지어 어떤 여학생은 그 일기를 프린트하여 우리 아버지에게 보여 주기도 했다.

"아주 훌륭하군."

아버지는 다 아는 듯한 미소를 지으며 말했다.

학교를 폐쇄하라는 협박이 곧 현실이 될 것이기에 나는 학교에 가는 일을 더욱 감사하게 되었다. 마지막 날이 며칠 남지 않았을 때 학교는 교복을 입는 일이 너무 위험하다는 판단을 했고 우리에게 평상복을 입으라고 조언했다. 나는 파즐울라에게 굴복하고 싶지 않았다. 그래서 나는 내가 가진 샬와르 카미즈 중에 가장 화사한 분홍색을 골랐다.

집을 나서는 순간 잠시 뒤돌아볼까 생각을 했었다. 아프가니스탄에서는 여학생들의 얼굴에 염산을 뿌리는 사람들이 있다는 이야기를 들었기 때문이었다. 아직 이곳에서는 그런 일이 없었지만 그동안 일어났던 온갖 일들을 생각하면 아주 불가능한 일로 여겨지지도 않았다. 하지만 나는 앞으로 걸음을 내딛었고 학교에 무사히 도착할 수 있었다.

밍고라가 정말 이상한 곳이 되어 버렸다. 총성과 포성이 배경음

악처럼 늘 들리는 도시가 된 것이다. 거리에는 사람이 거의 없었고, 어쩌다 사람을 보게 되면 이 사람이 테러리스트일지도 몰라, 라는 생각을 하지 않을 수가 없었다. 그리고 분홍색 샬와르 카미즈를 입은 소녀가 학교를 몰래 가는 도시가 되었다.

BBC 특파원은 다음 일기에서 스와트의 뉴스를 더 많이 전해줄 것을 부탁했다. 나는 무엇을 이야기해야 할지 알 수 없었다. 그는 살인에 대해 써 달라고 말했다. 그에게는 그것이 뉴스인 것이 분명했다. 하지만 그 일을 매일 겪는 내게는 더 이상 뉴스가 아니었다.

나는 두려움에 대한 면역이 생긴 것만 같았다. 그러던 어느 날, 학교에서 집으로 오는 길에 내 뒤에서 한 남자가 말하는 소리가 들려왔다.

"죽여 버릴 거야."

심장이 멈추는 것만 같았고, 간신히 걸음을 옮겼다. 나는 잰걸음으로 한참 앞서 나가다가 집을 향해 달렸고 대문을 닫았다. 그리고 잠시 후 살짝 밖을 내다보았다. 그는 내게는 전혀 무관심했고 전화기 너머 누군가에게 고함을 치고 있었다.

나는 웃음을 터뜨리며 혼잣말을 했다.

"말랄라. 두려워해야 할 진짜들이 있는데 상상까지 해 가며 겁먹을 필요는 없잖아."

진짜 걱정되는 것은 일기를 쓰는 것이 나라는 사실이 밝혀지는 일이었다. 그런데 굴 마카이의 진짜 정체를 추측한 사람이 있었다. 바로 모니바였다. 어느 날 쉬는 시간에 모니바가 내게 말했다.

"인터넷에서 일기를 읽었어. 그런데 그 이야기가 우리 이야기 같더라. 우리 학교에서 일어나고 있는 일 같더라고. 그거, 너지? 그렇지?"

나는 거짓말을 할 수가 없었고, 모니바에겐 더욱더 그랬다. 그래서 내가 맞다고 고백을 하자 모니바는 그 어느 때보다 더 심하게 화를 냈다.

"어떻게 나한테 그렇게 중요한 걸 감출 수 있어?"

모니바는 뒤돌아서더니 가 버렸다. 모니바가 몹시 화를 내긴 했지만 그렇다고 내 비밀을 발설할 아이는 아니었다.

정작 비밀을 밝힌 것은 우리 아버지였다. 물론 실수였다. 아버지는 한 기자와 전화 통화를 하며 학교를 오가는 것이 여학생들에게 얼마나 두려운 일인지 이야기하다가 '우리 딸도 어떤 남자가 전화에 대고 이야기하는 걸 듣고 자기를 죽이려는 걸로 착각했다.'고 말했고, 그 말을 들은 사람들은 그것이 내 일기에 나온 이야기임을 알아차렸다. 어쨌든 4월이 되면서 비밀리에 일기를 쓰던 굴 마카이의 시절은 끝이 난다.

그러나 그 일기는 제 몫을 해냈다. 이제 많은 기자들이 파키스탄에서 여학교를 폐쇄시키려는 파즐울라의 계획을 주시하기 시작했고, 그중에는 〈뉴욕 타임스〉의 기자도 있었다.

13

수업 끝

내가 인터뷰를 시작한 이후로 밍고라 사람들이 내게 다가와 좋은 일을 했다고 말해 주곤 했다. 하지만 어머니 친구들 중에는 내가 TV에 얼굴을 드러내는 일에 대해 분개하는 사람들이 많았다. 심지어 나를 제대로 키우지 못하는 어머니는 지옥에 가야 한다고 말하는 사람까지 있었다. 어머니는 내색하지 않았지만 내가 베일을 쓰기를 바라고 있었다. 하지만 어머니는 친구들의 비판에도, 베일을 쓰지 않겠다는 내 선택에 찬성하지 않음에도, 나를 지지해 주었다.

내 친구들 중에도 왜 내가 세상 사람들에게 얼굴을 보여 주는지 묻는 아이들이 있었다. 나는 말했다.

"파즐울라 부하들이 마스크를 쓰잖아. 그건 그 사람들이 범죄자이기 때문이야. 하지만 난 숨길 게 아무것도 없고, 잘못한 일도 전혀 없어. 여성의 교육받을 권리를 위해 목소리를 내는 것이 난 자랑스러워. 그리고 나의 정체성을 보이는 일 역시 자랑스럽고."

5만 명이 넘는 여학생을 학교에서 쫓아내려는 미치광이가 있는데 사람들이 신경 쓰는 것이 고작 내가 베일을 써야 하느냐 말아야 하느냐의 문제라니! 거기다 내 동생은 자신이 여자였으면 좋겠다고, 그래서 학교에 안 갔으면 좋겠다고 말했다. 난 가끔 세상이 죄다 뒤죽박죽이 된 것이 아닌가 생각했다.

어머니와 아버지는 내 인터뷰 보는 것을 좋아했지만 나는 TV에 내 인터뷰가 나오면 도망가다시피 방에서 나가곤 했다. 인터뷰하는 일 자체는 늘 좋아했다. 여성의 권리에 대해 말하는 것이 얼마나 중요한지 알고 있었기 때문이다. 하지만 내가 한 인터뷰를 보는 것은 너무나 불편했다. 딱히 이유는 모르겠다. 온 세상이 나를 보는 것은 괜찮았지만 내가 나 자신을 보고 싶지는 않았을 뿐이다!

나는 내가 외모에 몹시 신경 쓰는 편에 속한다는 것을 인정해야 했다. 갑자기 온갖 것들이 눈에 띄기 시작했다. 전에는 전혀 개의치 않던 것들이다. 내 피부는 너무 검고 눈썹도 너무 두꺼웠다. 눈이 짝짝이인 것이 보였다. 그리고 뺨에 있는 작은 점들도 거슬렸다.

공식적으로 학교가 문을 닫기 이틀 전 아버지는 페샤와르로 가서 〈뉴욕 타임스〉에서 온 비디오 저널리스트를 만났는데 나도 아버지와 동행했다. 그들은 학교가 문을 닫는 마지막 날 하루 동안 카메라를 들고 아버지를 따라다닐 수 있는지 알고 싶어 했다. 그 만남이 끝나 갈 무렵 그들 중 한 사람이 내게 물었다.

"네가 고향이나 학교로 돌아갈 수 없는 날이 온다면 무엇을 하고 싶니?"

나는 고집이 세기도 했고 낙천적인 아이였다.

"그런 일은 일어나지 않아요."

그는 만일, 혹시라도, 그렇게 되면 어떻게 할 것이냐고 물었고 나는 결국 울음을 터뜨리고 말았다. 바로 그때 그들이 다큐멘터리의 초점을 내게 맞춰야겠다고 생각했던 것 같다.

우리 학교가 문을 닫던 그날 아침, 비디오카메라를 든 기자 두 사람이 우리 집으로 왔다. 그들이 도착했을 때 나는 자고 있었다. 그들은 그날 나의 하루를, 시작부터 끝까지 기록할 생각이라고 아버지에게 말했다. 아버지는 깜짝 놀랐다. 학교 촬영은 동의했지만 집에서의 촬영은 이야기한 적이 없었기 때문이다. 아버지가 그들을 포기시키기 위해 설득하는 소리가 들렸다. 결국 아버지가 양보해서 촬영이 시작되었다.

"그들은 나를 막을 수 없어요. 나는 내가 받아야 할 교육을 받을 것입니다."

나는 기자를 향해 말했다.

"장소는 집이든, 학교든, 어느 곳이든 괜찮습니다. 이것이 세상에 호소하는 우리의 바람입니다. 우리 학교를 구해 주세요. 우리 스와트를, 우리 파키스탄을 구해 주세요."

아버지가 나를 바라보며 자랑스러움과 안쓰러움이 뒤섞인 편치 않은 미소를 짓고 있었다. 내 목소리는 희망적으로 들렸겠지만, 내 가슴은 걱정으로 가득했다. 집에 틀어박혀 손에 잡히는 대로 책을 읽고 또 읽다 결국 읽을 책이 바닥나는 광경이 떠올랐다. 나는 이제 겨우 열한 살인데, 학교에 다니는 시간이 정말 끝나는 걸까? 나도 앞으로 학교를 그만두고 음식을 하고 청소를 하며 다른 여자들처럼 그렇게 살게 되는 걸까? 그런데 내가 알지 못했던 것은 내가 한 이야기들을 많은 사람들이 듣고 있었다는 것이다. 아주 멀리 떨어진 세상 저편에 사는 사람들도, 바로 이곳 탈레반 근거지인 스와트에 사는 사람들도.

그러고 나서, 나는 친구들과 함께 교문으로 들어갔고, 카메라는 마치 우리가 장례식에라도 가는 것처럼 우리의 모든 모습을 다 기록했다. 우리의 꿈이 죽어 가고 있었다. 마지막 날 모두 학교에서 꼭 보자고 약속했었지만 학생들 삼분의 이는 학교에 오지 못했다. 한 여학생은 교문을 들어서며 울음을 터뜨렸다. 그 아이의 아버지와 오빠들이 학교에 못 가게 했지만 그들이 외출하자마자 몰래 학교로 온 것이다. 정말이지 이상한 세상이 아닌가. 학교를 가고 싶은 여학생은 기관총으로 무장한 무장 세력뿐 아니라 자신의 가족까지 거역해야 하다니 말이다.

그렇게 마지막 날이 흘러가고 있었고 선생님들은 마치 아무 일 없는 것처럼, 평소처럼 행동하려 애썼다. 겨울방학 후에 다시 만날 것처럼 방학 숙제를 내 주는 선생님들도 있었다. 마침내 마지막 종이 울렸고, 마리암 교장 선생님이 이번 학기가 끝났음을 알렸다. 그러나 다른 학기와는 달리 다음 학기 시작 날짜를 발표하지 않았다. 친구들과 나는 운동장에 서서 서로를 안아 주었고 너무 슬퍼 떠날 수가 없었다.

그때 우리는 함께 결정을 내렸다, 우리의 마지막 날을 최고의 날로 만들자고. 그래서 우리는 학교에 남았다. 초등학교 건물로 건너가서 다시 어린아이가 된 것처럼 우리가 어렸을 때 했던 망고망고, 사방치기, 파르파르투니를 하며 놀았다. 우리는 우스꽝스런 게임을 하고 엉터리 노래를 만들어 부르며 단지 몇 시간 동안이었지만 탈레반이 존재하지 않는 것처럼 그렇게 놀았다.

유감스럽게도 그날 모니바는 나와 말을 하지 않았다. 바로 며칠 전 서로 다퉜던 것이다.

집으로 온 나는 울고 또 울었다. 어머니도 울었다. 그때 집에 도착한 아버지가 말했다.

"걱정하지 마라, 자니. 넌 곧 학교에 다시 가게 될 거다."

하지만 아버지 역시 걱정하고 있었다. 겨울방학이 지나면 남학교는 문을 열게 되겠지만 여학교 문은 열리지 않을 것이다. 학교의 손실은 더욱 커질 것이다. 교사들의 월급을 지불하고 건물 임대료를 내야 했지만 늘 그렇듯이 많은 학생들이 등록금을 연체하고 있었고 파즐울라가 포고령을 발표한 후론 아예 등록금을 내지 않는 학생들도 있었다. 아버지는 방학 전 며칠 동안 임대료와 공과금, 교사 월급을 지불할 돈을 구하기 위해 애쓰고 다녔다.

그날은 밤새 포격이 계속되었고, 나는 세 번이나 잠에서 깼다. 다음 날 아침 우리 가족은 스와트를 떠나거나 내가 먼 곳의 기숙학교로 가는 것에 대해 슬쩍 이야기를 하기도 했다. 하지만 아버지가 말했듯이 스와트는 우리의 고향이었다. 힘든 시기이지만 우리는 스와트를 지킬 것이다.

14

비밀 학교

아버지는 내가 영어 공부를 계속하길 바랐다. 그래서 이슬라마바드의 한 기자가 준 DVD를 보라고 내게 권했다. 〈어글리 베티〉라는 TV 드라마였다.

나는 베티가 좋았다. 이에 커다란 교정기를 낀, 마음도 커다란 소녀였다. 나는 베티와 그 친구들이 베일로 얼굴도 가리지 않고 동행하는 남자도 없이 자유롭게 뉴욕의 거리를 걷는 모습을 경이롭게 바라보았다. 내가 가장 좋아하는 부분은 베티의 아버지가 베티를 위해 음식을 하는 장면이었다. 딸이 아버지를 위해서가 아니라 아버지가 딸을 위해서 음식을 하기도 하는구나!

그러나 그 드라마를 보며 깨달은 것이 또 하나 있었다. 미국에서도 여성이 남성과 완전히 평등하지는 않다는 사실이었다. 물건을 팔기 위해 여성의 이미지가 이용되고 있었다. 어떤 점에서는 미국 사회에서도 여성은 소유의 대상이란 생각이 들었다.

그 드라마에서 여성들의 치맛단은 너무나 짧았고, 목선도 너무 파여 있었다. 나는 미국에 옷감이 모자란 게 아닐까 생각하기도 했었다.

커다란 안경과 금속 교정기를 낀 소녀의 이야기가 담긴 이 작은 디스크가 불법이란 것이 얼마나 어이없는 일인가. 그리고 우리가 아무것도 할 수 없는 상태로 집 안에 갇혀 지내며 어글리 베티와 그 친구들이 자유롭게 뉴욕 거리를 활보하는 것을 보는 일은 또 얼마나 어처구니없는 일인가.

내가 본 또 다른 드라마는 〈마인드 유어 랭귀지〉라는 1970년대 영국 코미디였다. 전 세계에서 모인 사람들이 영어를 배우려 애쓰는 이야기였다. 마리암 선생님이 아버지에게 준 것이었다. 나는 그 드라마를 보며 많이 웃고 또 웃었다. 하지만 그 드라마에 나오는 사람들 모두 영어를 엉터리로 했기 때문에 영어를 배우는 데는 좋은 프로그램이 아니었다. 그래도 그 드라마를 통해 나는 내가 좋아하는 말들, "jolly good" "h'okay" "excooze me" 그리고 "thassalrye(that's all right)" 등을 배웠다.

한편 내 동생 아탈과 친구들은 새로운 게임을 하며 놀기 시작했다. 그 애들은 파르파르투니 대신 정부군 대 탈레반 전쟁놀이를 했다. 동네 아이들 모두 온갖 잡동사니로 장난감 무기를 만들었다. 종이를 접어서, 혹은 막대기로 총을 만들었고 오래된 물병으로 수류탄을 만들었다.

전쟁과 테러리즘은 이제 아이들의 놀이가 되었다. 어린 동생들이 무슨 뜻인지도 모른 채 탈레반 무장 세력이나 정부군 흉내를 냈다. 옥상에 벙커까지 만들고 전투하는 시늉을 했다.

하루는 아탈이 뒷마당에서 열심히 땅을 파는 것을 보았다.

"뭐 하는 거야?"

"무덤을 만드는 거야."

내 물음에 아탈이 아주 태연하게, 아무렇지도 않은 목소리로 대답했을 때 나는 몸을 떨지 않을 수 없었다.

그렇게 시간이 가는 동안에도 나는 굴 마카이라는 이름으로 계속 웹 사이트에 글을 올렸다. 모든 여학교들이 문을 닫은 지 나흘 후, 파즐울라의 부하들은 학교 다섯 곳을 더 파괴했다. 나는 이렇게 썼다.

'나는 몹시 놀랐다. 이 학교들은 이미 문을 닫은 곳이다. 그런데 왜 그 학교들이 파괴되어야 하는가?'

그동안 정부군은 이 문제에 대해 아무런 조치도 취하지 않았고, 그럼에도 그들은 늘 바빠 보였다. 군인들은 낮이면 벙커에 앉아 담배를 피우며 포격을 했고, 밤이면 산에서 대포를 쏘았다. 그러나 아침이면 정부군이 승리했다는 소식 대신 탈레반이 민간인 두세 명을 더 살해했다는 이야기만 들려왔다. 스와트 사람들은 계속해서 라디오 물라가 선고하는 태형을 구경하러 갔고, 배움을 원하는 여학생들은 감옥으로 변해 버린 집 안에 갇히게 되었다.

그 암울하고 답답하던 시절, 탈레반과 정부 사이에 비밀 회담이 있었다는 소문이 돌았다. 그러고 나서 불쑥 파즐울라가 여자 초등학교에 대한 폐쇄령을 해제했다. 어린 여자아이들은 학교에 가도 좋다는 것이었지만 열 살이 넘는 여자아이들은 집에 있어야 한다고, 푸르다를 지켜야 한다고 했다.

나는 열한 살이었지만 그렇다고 학교에 가지 않을 내가 아니었다. 게다가 나는 누가 봐도 열 살로 보이는 외모였다.

마리암 선생님은 상급학교 여학생들에게 편지를 보냈다. 이 새로운 포고령을 거스르고 싶은 사람들이 있다면 기꺼이 학교 문을 열겠다는 내용이었다. '단, 교복이 아닌 평상복을 입을 것. 사람들의 시선을 끌지 않을 평범한 샬와르 카미즈를 착용하기 바란다.' 그래서 다음 날 나는 평상복을 입고 책을 숄 아래 숨긴 채 머리를 꼿꼿이 들고 집을 나섰다.

하지만 학교가 문을 닫은 한 달 동안 밍고라는 변해 있었다. 이제 거리는 유령의 도시처럼 조용했다. 가게들은 셔터를 내렸고, 주택들은 불이 꺼져 어두웠고, 평소였다면 차들로 시끄러웠을 도로에서 낮은 소음만 간간이 들려왔다. 인구의 삼분의 일 이상이 도시를 떠났던 것이다.

친구들과 나는 첫날 학교로 가면서 좀 겁이 났지만 우리는 나름 계획이 있었다. 만일 탈레반이 우리를 막아서면 우리는 이렇게 말할 작정이었다.

"우리는 열 살이에요."

그날 아침 학교에 도착해 나는 그 어느 때보다 기쁨에 들뜬 마음으로 교문을 걸어 들어갔다. 마리암 선생님이 우리를 기다리고 서 있었고, 들어오는 여학생들 하나하나를 다 안아 주며 우리가 정말 용감한 소녀들이라고 말해 주었다. 물론 선생님 역시 용감한 사람이었다. 그로서는 엄청난 위험을 감수하며 그 자리에 선 것이었다. 우리 같은 어린 소녀들은 야단을 맞는 정도로 끝날지도 모르지만, 성인인 선생님은 태형에 처해지거나 혹은 죽임을 당할 수도 있는 상황이었다.

"이 비밀 학교는 우리의 침묵의 시위다."

선생님이 말했다.

15

평화일까?

2월의 어느 아침, 우리는 총소리에 잠을 깼다. 총소리에 여러 번 잠을 깨는 것은 드문 일이 아니었다. 하지만 이번에는 달랐다.

밍고라 사람들이 평화협정을 축하하기 위해 하늘을 향해 축포를 쏘고 있었다. 탈레반이 싸움을 멈춘다면 정부도 탈레반이 주장하는 샤리아 율법의 시행에 동의하겠다고 했던 것이다. 샤리아 율법이란 생활의 모든 측면, 즉 토지 분쟁에서부터 개인의 위생에 이르기까지 모두 포함하는 이슬람 율법이다. 사람들은 평화협정을 비판했지만 나는 다시 학교에 갈 수 있어 기뻤다.

2007년 이후 1000명 이상의 사람이 죽임을 당했다. 여자들은 격리되어 지내 왔고 학교와 다리가 폭파되었으며 상점들이 문을 닫았다. 스와트 사람들은 끊임없는 두려움 속에서 살아야 했다.

그러나 이제 이 모든 것이 멈출 것이다. 어쩌면 탈레반 사람들도 정착을 하거나 그들 고향으로 돌아갈 것이며 우리가 평화로운 시민으로 살 수 있도록 내버려 둘 것이다.

무엇보다 좋았던 것은 탈레반이 여학교 문제에도 합의를 했다는 점이었다. 이젠 열 살이 넘은 여학생들도 학교에 갈 수 있게 되었다. 하지만 작은 대가를 치러야 했다. 학교를 오갈 때 거리에서는 얼굴을 가려야 한다는 단서가 붙었다. 좋아, 그렇게라도 갈 수만 있다면.

학교가 문을 닫은 기간에도 나는 계속해서 여성의 교육권에 대해 인터뷰를 했고, 아버지와 함께 집회며 모임에 참가해 힘이 닿는 한 멀리까지 우리의 메시지를 전했다. 그런데 우리나라에서 가장 큰 TV 채널인 Geo TV에서 이 평화협정에 대해 인터뷰할 여학생을 원했다. 그래서 아버지와 나는 어느 날 밤 한 호텔의 옥상에서 인터뷰를 했다. 그들은 내게 마이크를 달고 숫자를 거꾸로 세기 시작했다. 5, 4, 3, 2, 1.

인터뷰 진행자는 이 평화협정이 여학생들에게 어떤 영향을 끼칠 것인지, 내가 그 평화협정에 찬성하는지 물었다. 평화협정은 그때 막 발표된 상태였지만 이미 협정을 위반하는 일이 벌어진 바 있었다. 최근에 우리 아버지를 인터뷰했던 기자 한 사람이 살해되었던 것이다.

나는 이미 그 협정에 실망하고 있었기에 사실대로 말했다.

"지금 상황이 더욱 나빠지고 있어 몹시 슬픕니다. 우리는 평화를 기대했고 다시 학교로 돌아갈 수 있으리라 생각했습니다. 어린 세대가 교육을 받을 수 없다면 우리나라의 미래는 결코 밝을 수 없을 것입니다. 정부는 반드시 조치를 취하고 우리를 도와야만 합니다."

나는 덧붙였다.

"나는 어느 누구도 두렵지 않습니다. 어떤 일이 있더라도 내게 필요한 교육을 받을 것입니다. 설사 바닥에 앉아 배워야 한다 하더라도 나는 교육을 받을 것이고 그렇게 되도록 할 것입니다."

어떻게 그렇게 대담해진 것일까? 나는 나 자신에게 말했다.

'말랄라. 넌 잘못하고 있는 것이 하나도 없어. 너는 평화를 위해, 너의 권리를 위해, 모든 여학생들의 권리를 위해 말하고 있는 거야. 그건 잘못이 아니지. 오히려 너의 의무인 거야.'

인터뷰 후 아버지의 친구 한 사람이 아버지에게 물었다.

"말랄라가 몇 살이지?"

아버지가 열한 살이라고 대답하자 그는 몹시 놀라워했다.

"이 아인 파카 제나이로군."

그가 말했다. 나이에 비해 현명한 아이라는 뜻이었다.

"어떻게 저렇게 명민해졌는가?"

아버지가 말했다.

"상황이 저 아일 그렇게 만들었다네."

그러나 우리는 기만을 당한 것이었다. 샤리아 율법 실행 후 탈레반은 더욱더 대담해졌다. 이제 그들은 마치 자신들이 군인인 것처럼 대놓고 총과 곤봉을 들고 밍고라 거리를 순찰했다. 그들은 경찰들을 죽여 시신을 도로변에 버렸다. 그들은 립스틱을 사러 온 여자 손님을 남자 동행 없이 가게 안으로 들였다고 가게 주인을 폭행했다. 그리고 시장에 나온 여자들을 위협했다. 우리 어머니도 위협을 당했다.

하루는 어머니가 내 사촌 결혼 선물을 사기 위해 시장에 갔었는데, 덩치가 크고 건장한 탈레반이 어머니에게 무례하게 다가와 길을 막고 섰다.

"제대로 된 부르카를 입지 않고 집 밖으로 나왔으니 나는 당신을 때릴 수도 있소. 알아들었소?"

어머니는 화가 났고 동시에 겁도 났다. 그 탈레반이 말한 것은 눈이 있는 자리에만 망사를 대고 나머지 얼굴은 완전히 가리는, 셔틀콕 부르카를 말하는 것이었다. 어머니는 일반적인 부르카를 입고 있었으며 그런 부르카는 아예 가지고 있지도 않았다.

"알았어요. 다음에는 그걸 입도록 할게요."

어머니가 말했다. 어머니는 그전에는 거짓말이라곤 한 적 없는 사람이었지만, 시장에서 기관총을 든 남자와 맞닥뜨려 본 적도 없었다.

"다음엔 순순히 넘어가지 않겠소."

우리는 부르카를 입어도 탈레반의 변덕 앞에서는 아무런 소용이 없다는 것을 깨닫게 되었다.

하루는 집에 돌아오니 아버지와 아버지 친구들이 휴대폰으로 동영상을 보고 있었다. 나는 몸을 숙여 도대체 무슨 내용인지 보았다. 영상 속에서는 검은 부르카에 붉은색 바지를 입은 십 대 소녀가 바닥에 엎드린 채 턱수염에 검은 터번을 쓴 남자에게 훤한 대낮에 태형을 받고 있었다. "제발 그만해요!" 소녀는 한 대씩 맞을 때마다 비명을 지르고 흐느껴 울며 애원하고 있었다. "알라신께 맹세코 죽을 것 같아요!"

탈레반 남자가 외치는 소리가 들렸다. "꽉 잡아. 손을 누르라고." 그렇게 태형을 치는 동안 어느 순간에 소녀의 부르카가 위로 밀려 올라가 바지가 드러났다. 그들은 때리기를 잠시 멈추고 부르카를 내려 소녀의 몸을 가리고 나서 다시 때리기 시작했다. 주변에 사람들이 모여 있었지만 아무도 어떤 행동도 취하지 않았다. 심지어 친척 중 한 사람은 자발적으로 나서서 소녀를 붙잡고 있기까지 했다. 서른네 대를 맞고서야 태형이 끝났다.

며칠 후 그 영상은 사방으로 퍼져 나갔다. TV에서도 방영이 되었고, 탈레반은 자신들이 한 일임을 인정했다. 탈레반 대변인이 말했다.

"그 여자는 남편이 아닌 남자와 집에서 나왔다. 따라서 우리는 그를 벌해야 했다. 절대로 넘을 수 없는 선이 있는 법이다."

여자? 그는 십 대 소녀였다. 나보다 여섯 살 정도 많아 보였다. 물론 넘어서는 안 되는 선이 존재한다. 성인 남자들이 십 대 소녀를 때려서는 안 되는 법이다.

포격도 곧 다시 시작되었다. 우리가 서로를 감싸 안은 채 식당에서 몸을 숙이고 있을 때 떠오른 의문이 있었다. 도대체 이것이 무슨 평화란 말인가?

〈뉴욕 타임스〉의 다큐멘터리가 방송되었고 스와트의 여학생들이 처한 역경에 지금보다 더 많은 관심이 모아졌다. 전 세계 사람들이 지지와 성원의 메시지를 보내오기 시작했다. 나는 언론의 힘이 얼마나 강력할 수 있는지 깨달았다. 미국의 스탠퍼드 대학에 재학 중인 열아홉 살 파키스탄 여대생 한 사람이 우리에게 연락을 해 왔다. 시자 샤히드라는 이름의 그는 결국 우리의 교육운동에 커다란 역할을 하게 된다. 우리는 처음으로 우리의 이야기가 파키스탄 국경을 넘어 세상에 알려지고 있음을 알게 되었다.

4월 20일, 탈레반 조직을 거느린 TNSM의 지도자이자 파즐울라의 장인인 수피 무함마드가 연설을 하기 위해 밍고라로 왔다. 그날 아침 동생들과 내가 대문 밖을 내다보니 수백 명의 사람들이 그 집회에 참석하기 위해 우리 집 앞을 지나가는 것이 보였다.

십 대 탈레반들이 휴대전화에서 흐르는 승리의 노래를 흥분된 목소리로 따라 부르며 지나가기도 했다. 우리는 그들 눈에 띄지 않도록 재빨리 대문을 닫았다. 그 집회에는 엄청난 군중이, 거의 4만 명에 가까운 사람들이 모였다. 집회장은 우리 집에서 상당히 떨어진 곳이었음에도 수만 명의 사람들이 탈레반 노래를 부르는 소리가 메아리로 들려왔다. 소름이 끼치는 소리였다.

아버지는 그날 아침 근처 건물 옥상에서 집회를 지켜보았다. 저녁에 집에 돌아온 아버지는 백 살은 늙어 보였다.

연설은 몹시 실망스러웠다. 우리는 수피 무함마드가 그의 추종자들에게 무기를 내려놓으라고 말할 것으로 기대했지만 그는 오히려 민주주의를 비이슬람적이라 비난하며 계속 싸우라고 부추겼다.

"탈레반은 스와트를 제멋대로 하는 것도 모자라 이제 이슬라마바드로 진출하려 하고 있다."

수피 무함마드의 추종자들 중에서도 이 집회의 결과를 불만스러워하는 사람들이 있었다.

며칠 후 탈레반은 스와트 남쪽 도시 부네르로 들어갔다. 수도 이슬라마바드에서 불과 100킬로미터도 떨어져 있지 않은 곳이어서 이제 수도도 안전할 수 없었다. 정부군은 반격을 계획하고 있었다. 다시 한번 밍고라는 완전히 중간에 끼인 상황에 놓이게 되었다.

이번에는 우리도 밍고라를 떠나 샹글라로 피난을 가야 한다고 어머니가 말했다.

16

난민

"파슈툰 사람은 결코 제멋대로 자기 땅을 떠나서는 안 된다. 가난을 멀리하거나 사랑을 찾을 때만 자신의 땅을 떠나는 법이다."

잘 알려진 파슈툰 이행시 타파*의 하나로 우리 할머니가 내게 가르쳐 준 것이다. 이제 우리는 이 시를 쓴 시인이 결코 상상도 할 수 없었을 이유로, 탈레반이라는 무력에 강제로 내몰려 이 땅을 떠나고 있다.

나는 우리 집 옥상에 서서 산을, 우리가 크리켓을 하던 골목길을, 곧 꽃이 필 살구나무를 바라보았다. 다시는 고향을 보지 못

* 파슈토어 민속시의 한 장르. 두 개의 행으로 이루어져 있으며 첫 번째 행은 9음절, 두 번째 행은 13음절이다.

할 경우를 생각해 하나하나 모두 기억에 담았다.

그리고 아래로 내려가 짐을 꾸렸다. 모든 게 엉망이었다. 동생들은 키우던 닭을 데려가겠다고 어머니에게 조르고 있었고, 한 사촌의 아내는 부엌에서 흐느껴 울고 있었다. 나도 울음이 터져 나왔다. 울음이 북받쳐 올라도 꾹꾹 잘 참는 나도 누군가 먼저 울기 시작하면 마구 눈물을 흘리곤 했다.

나는 내 방으로 들어가 무엇을 가지고 갈지 생각했다. 사피나네 차를 타고 가기로 되어 있었기에 짐을 넉넉히 실을 수 없었다. (나머지 우리 식구는 아버지 친구의 차를 탈 예정이었다.) 나는 우선 책, 공책 등 책가방을 먼저 꾸렸다. 마지막으로 상장과 트로피 들을 보며 작별 인사를 했다. 그러고 나서 가방 하나에 옷을 담기 시작했다. 서두르다 보니 어떤 샬와르 카미즈에서는 바지를, 다른 샬와르 카미즈에서는 상의를 골라서 하나도 짝이 맞지 않았다.

나는 마지막이 될지도 모른다는 생각으로 내 방 문을 닫은 후 부엌으로 갔다. 어머니는 아직도 아탈에게 닭들을 데리고 갈 수 없다는 이야기를 하고 있었다.

"닭똥 때문에 차 안이 엉망이 될 거야."

어머니가 말했다. 하지만 아탈은 고집을 피우며 기저귀를 사서 채우자고 했다. 불쌍한 아탈. 그 애는 겨우 다섯 살이었고 그 짧은 인생 동안 두 번이나 전쟁을 겪는 것이다. 곧 정부군과 탈레반이 우리 고향에서 무력충돌을 할 참인데 그 애의 걱정은 오직 닭들이었다. 물론 우리는 닭들을 데리고 갈 수 없었다. 어머니가 먹이와 물을 넉넉히 주고 남겨 놓고 간다는 말을 하자 아탈은 눈물을 터뜨렸다.

어머니가 내 책가방도 놓고 가야 한다고 말했을 때 나 역시 거의 울음을 터뜨릴 뻔했다. 나는 학교를 사랑했고, 내가 가장 아끼는 것은 책이었다! 우리는 어쨌든 어린이들이었고, 전쟁이 다가오고 있어도 어린이들은 어린이다운 관심을 가질 수밖에 없는 법이다.

나는 내 책과 가방을 가장 안전하게 보이는 손님방에 숨기고 책을 보호해 달라며 코란 구절을 외웠다. 그러고 나서 가족이 모두 모여 집에게 작별 인사를 했다. 우리는 기도를 하며 사랑하는 집을 신의 가호에 맡겼다.

거리는 엄청나게 많은 차들이 몰려 혼잡했다. 자동차, 릭샤, 노새가 끄는 수레, 트럭 들이 다 몰려나왔고, 그 탈것마다 사람들과 여행가방, 쌀자루, 침낭 들이 가득 실려 있었다. 오토바이 한 대에 온 가족이 다 탄 경우도 있었고, 등에 옷 꾸러미만 짊어지고 거리를 달리는 사람들도 있었다. 자신이 어디로 가고 있는지 아는 사람은 드물었다. 그저 이 도시를 떠나야 한다는 사실만 알 뿐이었다. 200만 명이 고향을 등지고 있었다. 파슈툰 역사상 가장 큰 민족의 대이동이었다.

어머니와 남동생들, 그리고 나는 샹글라에 있는 우리 친척들과 함께 지낼 예정이었다. 하지만 아버지는 페샤와르로 가서 이곳에서 무슨 일이 일어나고 있는지 알리는 것이 자신의 의무라고 말했다. 우리 중 누구도 그 생각에 찬성하지 않았고, 특히 어머니가 반대했지만 우리는 받아들일 수밖에 없었다. 아버지는 여정의 중간까지만 동행하고, 그러고 나서 우리와 헤어져 페샤와르로 가는 것으로 결정되었다.

평소라면 몇 시간이면 되었을 거리가 이틀이 걸렸다. 처음에 우리는 목적지와 다른 방향으로 갔다. 차가 없었던 우리로서는 사피나의 가족과 아버지 친구 가족의 차를 타고 일단 그들 행선지로 가야 했던 것이다. 마르단이라는 도시에 도착한 우리는 버스를 타고 버스가 데려다 주는 만큼 최대한 멀리 북쪽으로 향했다. 버스조차 없는 여정의 마지막에는 걸어서 갈 수밖에 없었다. 마지막 약 25킬로미터는 짐을 짊어지고 홍수에 끊어진 위험한 도로를 걸어야 했다. 어둠이 내리고 있었고 곧 통행금지 시간이었다. 우리가 샹글라로 들어가는 갈림길에 도착했을 때 바리케이드를 치고 있던 군인 장교 한 사람이 우리를 막았다.

"통행금지요. 아무도 여길 지나갈 수 없소."

"우리는 IDP* 예요. 가족이 살고 있는 마을로 가야 합니다."

그러나 그는 여전히 우리를 보내 주려 하지 않았다.

---

* Internally Displaced Persons, 국내 난민.

우리는 파키스탄인이나 파슈툰이 아닌 국내 난민으로 불리게 된 처지였다. 우리의 정체성이 IDP, 이 세 글자로 변해 버린 것이다.

우리가 애원을 하고, 할머니가 울기 시작하자 마침내 그가 우리를 통과시켜 주었다. 남은 몇 킬로미터는 완전한 어둠 속에서 두려움이 등골을 타고 내리는 오싹함을 느끼며 걸어야 했다. 우리는 혹 군인들의 트럭이 지나가다가 우리를 테러리스트로 오인하고 쏘지나 않을까 걱정했다.

우리가 비틀거리며 샹글라에 도착하자 친척들은 크게 놀랐다. 탈레반들이 떠난 지 얼마 되지 않았기 때문에 그들이 다시 돌아올 거라는 소문이 돌고 있었다.

"어쩌자고 이리로 왔어요?"

그들이 물었다. 국내 난민에겐 안전한 곳이 없었다.

우리는 샹글라에서 새로운 생활에 적응하려 애썼지만 그곳에 얼마나 머물게 될지 알 수가 없었다. 나는 외사촌 숨불이 다니던 학교에 같은 학년으로 등록했다. 숨불은 나보다 한 살 위였다. 나는 숨불에게 옷을 빌려야 했다. 내가 뒤죽박죽으로 옷을 싸서 샬와르 카미즈가 하나도 짝이 맞지 않았던 것이다.

학교까지는 삼십 분 이상 걸어야 했다. 숨불의 학년에는 여학생이 세 명밖에 없었다. 마을 소녀들 대부분은 열 살이 되면 학교를 그만두었고, 아주 소수의 여학생들만이 남학생과 함께 수업을 받았다. 나는 다른 여학생들처럼 얼굴을 가리지도 않았고, 수업 중에 거리낌 없이 의견을 말하고 질문을 던져 한동안 그들에게 충격을 주었다.

나는 곧 그곳 시골의 방식에서 하나의 가르침을 얻었다. 학교 둘째 날이었다. 숨불과 나는 지각을 했다. 늦잠을 좋아하는 나 때문에 일어난 일이었기에 내가 설명을 하기 시작했다. 그러나 선생님은 우리에게 손을 내밀라고 했고, 어리둥절해하던 나는 선생님이 막대로 사촌과 내 손바닥을 때리자 몹시 놀랐다.

나는 창피함에 어쩔 줄 몰라하며 자리에 가서 앉았다. 부끄러움이 가시고 나니 그 벌이 내가 다른 학생들과 차별 없이 똑같은 대우를 받고 있음을 의미한다는 것을 깨달았다.

나는 사촌들과 지내는 것도 좋았지만, 그래도 우리 집이, 우리 학교가, 내 책들이 그리웠다. 그리고 심지어 〈어글리 베티〉도 그리웠다.

산간 마을에서 라디오는 생명줄이었고, 우리는 늘 라디오를 들었다. 5월 어느 날, 정부군이 밍고라에서 그곳 탈레반과의 전면전을 위해 낙하산부대를 보낸다고 발표했다. 나흘 동안 밍고라 시가지 전역에서 전투가 계속되었다. 누가 이기고 있는지 도저히 알 수 없는 상황이었다. 그리고 막바지에는 거리에서 백병전이 벌어졌다.

나는 상상을 해 보았다. 우리가 크리켓을 하던 골목에서 싸우고 있는 탈레반을, 호텔 창문에서 총을 쏘고 있는 군인들을.

마침내 정부군은 탈레반이 도주하고 있다고 발표했다. 군에서 파즐울라의 근거지를 파괴했고 공항을 점령했다고 했다. 사 주가 지나자 정부군은 도시를 탈환했다고 말했다.

우리는 안도의 숨을 쉬었지만 궁금해지기 시작했다. 그럼 탈레반은 어디로 간 것일까? 그들이 샹글라로 돌아오는 것일까?

그동안 내내 우리는 아버지를 걱정하고 있었다. 이 산악 지대에서 휴대전화 신호를 잡는다는 것은 거의 불가능했다. 어머니는 밭 한가운데로 나가 커다란 바위 위에서 전화기를 높이 들어 보기도 했지만 간신히 신호 막대기 하나만 뜨곤 했다. 그래서 우리는 거의 아버지 소식을 듣지 못하고 있었다.

아버지는 페샤와르에서 동료 세 사람과 함께 호스텔의 방 한 칸에서 지내고 있었다. 그들은 언론과 지역 관리들에게 그간 스와트에서 일어난 일을 알리기 위해 노력하고 있었다. 그러다 이 주 정도의 시간이 더 지난 후 아버지가 우리에게 페샤와르로 오라는 연락을 보냈다.

마침내 모두 한자리에 모여 우리는 기쁨의 눈물을 흘렸다.

아버지는 중대한 소식을 전해 왔다. 미국의 특별대사 리처드 홀브룩이 이슬라마바드에서 회의를 개최하는데 우리를 초대했다는 것이다. 그러나 그 회의가 있던 날 아침 우리는 늦잠을 잤다. 내가 알람을 제대로 맞춰 놓지 않았기 때문이었고, 그래서 아버지는 좀 화가 났었다. 그래도 어쨌든 늦지 않게 회의 장소인 호텔에 도착할 수 있었다.

파키스탄 전역에서 전쟁에 휩쓸린 부족 지역의 사회활동가 스무 명이 모인 회의였다. 나는 홀브룩 대사의 바로 옆자리에 앉았다. 대사가 나를 보며 물었다.

"몇 살이지?"

나는 가능한 한 키가 커 보이도록 자세를 똑바로 하며 대답했다.

"열두 살입니다."

거의 사실이었다. 며칠만 있으면 열두 살이었으니까. 나는 깊이 숨을 들이쉬었다.

"존경하는 대사님. 우리 소녀들도 교육을 받을 수 있도록 도와주십시오."

그가 웃음을 터뜨렸다.

"이곳엔 이미 많은 문제들이 산적해 있고 우리는 파키스탄 사람들을 돕기 위해 많은 일을 하고 있단다. 수십억 달러의 경제 지원도 약속했고, 전기와 가스 공급을 위해 파키스탄 정부와 함께 일하고 있지. 그런데 파키스탄에는 정말 다양한 문제들이 있구나."

나는 그의 웃음이 무엇을 의미하는지 알 수 없었다. 그러나 그가 한 말들은 이해했다. 여성 교육은 파키스탄이 직면하고 있는 많은 문제들 중에 우선순위가 저 아래라는 뜻이었다. 어쩌면 내 어깨가 좀 처졌는지도 모르겠다. 어쩌면 내 미소가 좀 희미해졌는지도 모르겠다. 그래도 나는 실망을 드러내 보이지 않으려 했다. 게다가 그즈음 나는 이미 알고 있었다. TV에 나가고 여성 교육에 대해 연설을 하는 것은 싸움의 절반에 불과하다는 것을. 나머지 절반은 여전히 우리 앞에 넘어야 할 산으로 놓여 있었다. 나는 계속해서 싸워야 하는 것이다.

이슬라마바드에서 우리는 기자회견을 열고 스와트에서 일어나고 있는 일에 대해 많은 사람들이 알 수 있도록 이야기를 했다. 그렇게 이슬라마바드 일정을 마친 우리는 어디로 가야 할지 알 수 없었다. 밍고라는 여전히 전쟁의 포화가 가시지 않은 상태였다. 탈레반은 물러나 스와트 산간 지역에 머물고 있었다. 우리는 아보타바드의 방송국 소유 게스트하우스에서 지내라는 제의를 기꺼이 받아들였다. 더 반가운 것은 모니바 역시 아보타바드에 있다는 소식이었다. 모니바와 나는 학교 마지막 날 며칠 전에 다툰 이후 서로 말을 하고 있지 않았지만 그래도 모니바는 나의 가장 친한 친구였다.

그래서 나는 모니바에게 연락해 한 공원에서 만나자고 했다. 나는 화해의 선물로 펩시콜라와 비스킷을 가지고 갔다.

"다 네 잘못이야."

모니바가 말했다. 나는 그냥 그렇다고 동의했다. 누가 옳든 누가 그르든 나는 개의치 않았다. 다시 친구가 될 수 있다는 것이 기쁠 뿐이었다.

내 생일이 다가왔다. 나는 하루 종일 생일 축하를 기다렸지만 그 혼란스러운 시기에 내 생일을 기억해 주는 사람은 아무도 없었다. 나는 섭섭해하지 않으려 했지만 다른 때였다면 얼마나 멋진 생일을 보낼 수 있었을까, 생각지 않을 수 없었다. 나는 친구들과 케이크를 나누어 먹었을 것이고 예쁜 풍선도 있었을 것이다. 그리고 나는 스와트의 평화를 기원했을 것이다.

나는 눈을 감고 내 열두 번째 생일에도 같은 소원을 빌었다.

17

집으로

삼 개월 동안 이곳저곳 떠돌며 때론 친척들과, 때론 낯선 사람들과 생활하던 우리는 마침내 집으로 향했다. 우리가 차를 타고 산길을 내려갈 때 저 멀리 스와트 강이 보였고 아버지는 눈물을 흘리기 시작했다. 그리고 처참하게 변한 밍고라를 보며 우리 모두 눈물을 흘렸다.

어디를 보아도 폐허가 된 건물들과 쌓인 잔해들, 불에 탄 자동차와 깨진 창문들뿐이었다. 굳게 닫혔던 철제 셔터들도 난폭하게 열려 있었고 부서진 쇼윈도 너머로 텅 빈 진열장들이 보였다. 건물이란 건물은 모두 총탄으로 얽은 자국처럼 여기저기 패어 있었다.

여전히 전장처럼 느껴졌다. 군인들이 옥상에 있는 기관총 진지에서 우리를 내려다보고 있었고, 그들의 총구는 거리를 향하고 있었다. 정부에서 고향으로 돌아가도 안전하다고 발표했지만 대부분의 사람들은 아직 너무 두려운 나머지 돌아오지 않고 있었다. 버스 터미널은 평소라면 화려한 색깔의 버스들과 수백 명의 승객들로 북적여야 했지만 완전히 버려진 채였고, 갈라진 도로 사이에는 잡초들이 무성하게 자라 있었다.

그러나 탈레반은 보이지 않았다.

우리 집이 있는 골목의 모퉁이를 돌며 우리는 최악의 경우에 대한 마음의 준비를 했다. 이웃집들이 약탈당했다는 이야기도 이미 듣고 있었다. TV와 보석들을 도난당했다는 이야기였다. 아버지가 대문을 여는 순간 우리는 모두 숨을 죽였다. 처음 눈에 띈 것은 정글로 변해 버린 앞마당이었다. 동생들은 즉시 닭을 살펴보러 뛰어갔고, 곧 울며 돌아왔다. 닭들은 굶어 죽었고 남은 것이라곤 한 무더기로 쌓인 뼈와 깃털뿐이었던 것이다. 나는 내 책들을 숨겨 놓았던 손님방으로 달려갔다. 책은 무사히 그 자리에 잘 있었다. 나는 감사의 기도를 올린 후 책장을 넘겼다. 이차방정식을 풀고 사회 필기를 한 공책이며 영어 문법책을 다시 보는 것이 얼마나 기뻤는지 모른다.

나는 행복에 겨워 울다가 문득 학교에 생각이 미쳤다. 아직 우리 학교가 온전한지 아닌지 알 수 없었던 것이다.

"누군가 여기 있었군."

교문을 열고 들어서며 아버지가 말했다. 학교 건너편 건물들은 미사일에 맞아 부서졌지만 기적적으로 학교는 전혀 손상되지 않았다. 안으로 들어가니 담배꽁초와 음식 포장지 등이 바닥에 널려 있었다. 의자와 책상들도 뒤죽박죽 뒤집어져 있었다. 쿠샬 학교 간판은 아버지가 안전하게 내려놓았던 구석자리에 그대로 놓여 있었다. 간판을 들어 올리던 내가 비명을 질렀다. 간판 아래 염소 머리 몇 개가 있었던 것이다. 잠시 후에야 누군가 잡아먹고 남은 부분임을 깨달을 수 있었다.

벽마다 반탈레반 구호들이 쓰여 있었고, 교실 바닥에는 탄피들이 뒹굴고 있었다. 화이트보드에 누군가 '아미 진다바드!'라고 휘갈겨 놓았다. '군이여, 영원하라.'라는 뜻이었다. 그걸로 이곳에 머물던 이들이 누구인지 알 수 있었다. 군인들은 위층 벽 한 곳에 구멍을 뚫어 놓았다. 그 구멍으로 학교 아래 거리가 보였다. 저격수가 총을 쏘던 자리였는지도 모른다. 엉망진창이긴 했지만 우리의 학교는 여전히 제자리를 지키고 서 있었다.

각 교실들의 피해 정도를 살펴본 후 아버지와 나는 사무실로 들어갔다. 그곳에는 정부군이 아버지에게 남긴 편지 한 통이 놓여 있었다. 편지에는 탈레반이 파키스탄 땅을 장악할 수 있었던 것은 스와트 사람들 때문이라는 비난이 담겨 있었다.

'우리는 너무나 많은 군인들의 소중한 목숨을 잃었고, 이것은 당신들의 무지함 탓이다. 파키스탄 군대 만세!'

편지에는 그렇게 쓰여 있었다.

"아주 전형적이지."

아버지가 어깨를 으쓱했다.

"우리 스와트 사람들은 처음에는 탈레반의 유혹에 넘어갔고, 그러다 탈레반에 죽임을 당했고, 이제는 탈레반이 받아야 할 비난까지 받는군!"

모든 것이 혼란스러웠다. 예전에 나는 의사가 되고 싶었지만, 이 모든 일들을 다 겪고 나니 정치가가 되는 것이 더 나은 선택이라는 생각이 들기 시작했다. 우리나라에는 너무나 많은 문제들이 있다. 어쩌면 언젠가 내가 그 문제들을 해결하는 데 도움이 될 수 있을지도 몰랐다.

18

소박한 소원과 이상한 평화

마침내 스와트에 평화가 찾아왔다. 정부군은 그대로 주둔했지만 상점들은 다시 문을 열었고 여자들은 자유로이 시장통을 걸어 다녔다. 그리고 나는 말카 에 누르를 이기고 일등을 했다! 아주 커다란 희망을 품을 수 있게 된 나는 집 마당 바깥에 망고 씨를 심었다. 정부가 약속한 화해나 재건과 마찬가지로 망고 열매가 열릴 때까지도 오랜 시간이 걸린다는 것을 알고 있었지만, 그것은 밍고라의 희망찬 미래가 언제까지나 지속되기를 바라는 나 나름의 의식이었다.

열세 살이 될 무렵 나의 가장 큰 고민은 키가 더 이상 크지 않는다는 것이었다. 전에는 내가 우리 학년에서 가장 컸지만 이제는 가장 작은 축에 속했다. 그래서 나는 아주 소박한 소원을 가지게 되었다. 매일 밤 나는 알라신에게 키가 자라게 해 달라고 기도를 한 후 벽에 기대어 자와 연필로 키를 쟀다. 그리고 아침이면 밤새 자랐는지 다시 키를 재 보곤 했다. 나는 심지어 내가 조금이라도, 한 2센티미터라도 더 큰다면, 라카트 나플* 기도를 백 번 올리겠다는 약속도 했다.

나는 매우 많은 집회에서 연설을 하곤 했는데 내 키가 너무 작아서 권위 있는 모습을 보이기가 쉽지 않다고 느꼈다. 때로는 사람들의 주의를 끄는 일도 힘이 들었다.

2010년 초, 우리 학교는 '스와트 지역 어린이 의회'에 참가해 달라는 초대를 받았다. 자선 기관 유니세프와 고아들을 위한 크팔코르('우리 집'이란 뜻) 재단에서 주최하는 행사였다. 스와트 지역 전체에서 60명의 학생들이 의회 의원으로 뽑혔다. 우리 학교에서 여학생 열한 명이 참가했지만 나머지는 대부분 남학생이었다. 그리고 대변인을 뽑는 선거에서 내가 대변인으로 선출되었다! 무대에 서서 대변인님 호칭을 듣는 일은 어색했지만 나는 내가 맡은 일들을 진지하게 해 나갔다.

그 어린이 의회는 일 년 동안 거의 매달 열렸고 우리는 아홉 개의 결의안을 통과시켰다. 우리는 어린이 노동 착취 종식을 결의

---

* 하루 다섯 번의 정기 기도 외에 올리는 자발적 기도.

했다. 우리는 또 장애 어린이와 노숙 어린이들의 교육, 탈레반에 의해 파괴된 모든 학교의 재건을 요구했다. 일단 의결된 결의안들은 담당 공무원에게 보내졌고 그중 일부는 실행에 옮겨진 것도 있었다. 우리의 이야기가 전달되고 있었고, 우리가 변화를 만들어 내고 있었다. 참으로 기분 좋은 일이었다.

가을이 되면서 다시 먹구름이 끼기 시작했다. 반탈레반 운동을 하던 아버지의 친구 한 사람이 집으로 가던 길에 공격을 당했다. 그리고 탈레반을 비판하던 경찰관 한 사람이 자살 폭탄 테러로 목숨을 잃었다.

2010년 여름에는 앞이 보이지 않을 정도로 폭우가 내렸고, 그 장맛비로 인한 홍수는 스와트 계곡의 모든 것을 다 휩쓸고 지나가 버렸다. 파키스탄 진역에서 2000명 이상이 익사했고 수백만이 집을 잃었으며 7000개의 학교가 파괴되었다.

우리 집은 그래도 좀 지대가 높은 곳에 있어 물에 잠기지 않았지만 학교는 강가에 있었기 때문에 막심한 피해를 입었다. 물이 빠지고 나니 벽에는 가슴 높이께 물이 찼던 자국이 남아 있었다. 책상과 의자들은 모두 냄새가 지독한 진흙으로 뒤덮여 있었다. 복구에는 엄청난 돈이 필요해 보였다. 샹글라의 피해는 더 심했다. 근본주의 종교 지도자들은 다시 한번 이 자연재해가 비이슬람적인 행동을 즐기는 자들에게 신이 내린 벌이라고 말했다.

2011년 초까지 탈레반은 학교 두 곳을 더 파괴했다. 그리고 외국인 구호 직원 세 명을 납치해 살해했다. 아버지의 또 다른 친구로 반탈레반 운동을 했던 대학 부총장 한 사람이 사무실로 난입한 두 명의 무장 세력에 의해 살해되었다.

그해 5월, 9·11 테러의 총지휘자였던 오사마 빈 라덴이 아보타바드의 은신처에서 죽음을 맞았다. 파키스탄 사관학교에서 지척인 거리였다.

그즈음 익명의 편지 한 통이 아버지 앞으로 전달되었다.

'당신은 성직자의 아들임에도 배교자처럼 행동하고 있다. 당신은 모범적인 이슬람교도가 아니다. 우리를 비난하고 다니는 당신은 그 대가를 치르게 될 것이다. 우리 무자헤딘 이슬람 전사들은 당신이 이 세상 어딜 가든 당신을 찾아낼 것이다.'

탈레반은 애초에 이곳을 떠나지 않았던 것 같았다.

나는 이 끔찍한 편지가 그저 패배한 탈레반이 물러나며 마지막으로 던진 공허한 협박일 것이라 스스로를 위로했다. 하지만 그래도 나는 매일 아버지의 안전을 위해 기도했다. 나는 학교가 계속 열려 있기를 기도했고, 폭탄에 맞아 파괴된 학교들이 어서 재건되기를 기도했다. 나는 또 키가 더 자라게 해 달라는 기도도 잊지 않았다. 내가 커서 정치가가 되어 우리나라를 위해 일하게 되었을 때 적어도 연탁 너머를 볼 수 있어야 하지 않을까요, 나는 알라신에게 그렇게 말했다.

19

마침내 좋은 소식

2011년 10월 어느 날 아버지가 이메일 한 통을 내게 보여 주었다. 믿어지지 않는 내용이있다. 내가 국제아동인권평화상 후보 다섯 명 중 한 사람으로 올랐다는 내용이었다. 암스테르담에 있는 아동 권익 단체인 키즈라이츠에서 수여하는 상이었다. 남아프리카공화국의 대주교 데즈먼드 투투가 나를 추천했다고 했다. 대주교는 인종차별정책인 아파르트헤이트에 맞서 싸운, 아버지의 위대한 영웅이었다.

그때 또 다른 이메일이 왔다. 라호르에서 열리는 교육 관련 행사에서 연설을 해 달라는 초대장이었다. 그곳 펀자브 주의 주지사가 새로운 학교 네트워크를 시작하고 있었다. 펀자브 주의 모든 학교 어린이들에게 노트북 컴퓨터를 지급하고, 시험에서 우수한 성적을 받은 학생들에게 상금을 준다고 했다. 그리고 놀랍게도 그는 내게도 여성교육운동에 대한 격려로 상을 수여할 예정이라 했다.

나는 내가 가장 좋아하는 분홍색 샬와르 카미즈를 입고 그 행사에 참석했고, 나와 내 친구들이 어떻게 탈레반의 포고령을 무시하고 비밀리에 계속 학교를 다녔는지 이야기했다. 나는 세상 모든 곳의 어린이들이 자신들이 받고 있는 교육에 대해 감사하게 생각하기를 바란다고 말했다. 교육권을 박탈당한 수백만 어린이의 고통을 직접 체험해 보아 잘 알고 있다고 설명했다. 그리고 나는 청중들에게 말했다.

"그러나 스와트의 소녀들은 누구도 두려워하지 않았고 지금도 두려워하지 않고 있습니다."

집으로 돌아온 지 채 일주일도 되지 않았던 어느 날 친구 한 명이 교실로 뛰어 들어오더니 내가 또 다른 상을 받았다고 말했다. 파키스탄 정부에서 최초의 평화상을 내게 수여하기로 결정했다는 것이다. 나는 믿을 수가 없었다. 너무나도 많은 기자들이 우리 학교로 찾아와 그날 학교는 완전히 아수라장이 되었다.

시상식이 있는 날까지 조금도 키가 더 자라지 않았지만 나는 당당하게 보이자고 마음을 먹었다. 총리가 내게 상을 수여했을 때 나는 요구사항을 적은 목록을 총리에게 전달했다. 파즐울라가 파괴한 학교들을 재건하고 스와트에 여자대학교를 건립해 달라는 건의도 포함되어 있었다. 그때 나는 정치가가 되겠다는 결심을 굳혔다. 정치가가 되면 다른 이들에게 도움을 청하는 것에 그치지 않고 내가 그 일을 실행에 옮길 수 있을 것이다.

그 평화상은 해마다 수상자를 찾아 수여할 것이며 나의 활동을 기려 '말랄라상'으로 명명한다는 발표가 있었다. 그때 나는 아버지가 얼굴을 찌푸리는 것을 보았다. 우리나라 전통에서는 이미 고인이 된 사람이 아닌 살아 있는 사람을 기리는 경우가 없었기 때문이다. 아버지는 미신을 믿는 경향이 있었기 때문에 이것이 불길한 징조라고 생각했다.

물론 내 동생들은 내가 계속 겸손하도록 만들어 주었다. 동생들은 여전히 나와 싸움을 했고 나를 놀렸으며 TV 리모컨을 쟁탈하기 위해 나와 씨름을 했다. 내가 세계적으로 주목을 받기 시작했는지는 몰라도 동생들에겐 그저 예전의 말랄라였다.

그런데 나는 이 모든 관심과 유명세를 내 친구들이 어떻게 받아들이는지 궁금했다. 우리는 어쨌든 매우 경쟁적인 아이들이었다. 그리고 물론 모니바의 감정도 신경 써야 했다. 내가 여기저기 다니는 동안 자신에게 소홀하다고 생각하지 않았을까, 혹은 모니바에게 절친한 새 친구가 생기지는 않았을까 염려가 되었다. 그러나 학교로 돌아간 첫날 그런 것을 생각할 여유가 없었다.

학교에 도착하자마자 나는 기자들이 나를 인터뷰하기 위해 기다리고 있다는 말을 들었다. 교실에 들어갔을 때 나를 맞은 것은 기자가 아닌 케이크를 가운데 놓고 나를 기다리는 친구들이었다. 아이들은 동시에 "놀랐지!" 하고 외쳤다. 친구들이 돈을 모아 케이크를 샀던 것이다. 하얀 케이크 위에 초콜릿으로 '성공이여 영원하라!'라고 쓰여 있었다.

나의 사랑하는 친구들은 너무나도 너그러웠고 그들이 원하는 것은 나의 성공을 축하하는 것뿐이었다. 나는 진심으로 우리 중 누구라도 내가 성취한 것을 이룰 수 있었을 것이라고 생각한다. 모두가 느꼈던 두려움에도 불구하고 나를 격려해 준 부모님이 존재했다는 것이 내게 행운으로 작용했을 뿐이다.

"이제 제자리로 돌아가 공부를 하자."

우리가 케이크를 다 먹고 나자 마리암 선생님이 말했다.

"3월에 시험이 있잖니!"

4부

테러의 목표가 되다

20

죽음의 위협

2012년 초 어느 날, 우리 가족은 Geo TV에 출연하기 위해 카라치로 갔다. 알래스카에 살고 있던 파키스탄 기자 한 사람이 우리를 만나러 왔다. 그는 〈뉴욕 타임스〉 다큐멘터리를 보고 나를 만나고 싶었다고 했다. 그가 아버지를 한쪽 옆으로 데리고 가더니 뭔가를 이야기했다.

나는 기자의 눈에 눈물이 고인 것을 보았다. 그와 아버지가 컴퓨터로 향했다. 두 사람 모두 걱정스러운 표정이었다. 내가 다가가자 그들이 화면을 황급히 닫아 버렸다.

잠시 후 아버지의 전화가 울렸다. 아버지는 밖으로 나가서 받았고 다시 들어왔을 때는 몹시 창백한 얼굴이었다.

"뭐예요? 저에게 얘기 안 한 것 있지요?"

내가 물었다. 아버지는 언제나 나를 어른처럼 동등하게 대했지만 이번만은 나와 이 이야기를 나눌 것인지, 말 것인지 망설이는 것 같았다. 아버지는 깊은 한숨을 내쉰 다음 컴퓨터 화면을 열었다.

아버지가 구글에 내 이름을 쳤다. 탈레반의 글이 있었다.

'말랄라 유사프자이는 죽어야 마땅하다.'

거기 그렇게 쓰여 있었다. 나를 죽이겠다는 협박이었다.

나는 언젠가 이런 순간이 올지도 모른다는 것을 짐작하고 있었던 것 같다. 그리고 결국 그 순간이 왔다.

나는 2009년의 아침들을 떠올려 보았다. 학교가 다시 문을 열고 숄 아래 책을 숨긴 채 불안에 떨며 학교를 오가야 했던 시간들이었다. 하지만 그때부터 삼 년이 지난 지금, 나는 세 살 더 성숙해졌고 많이 달라져 있었다. 나는 많은 곳을 여행하며 연설을 했고 이런저런 상을 수상했다. 그리고 여기 내 죽음을 원하는 글이, 한 테러리스트가 다른 테러리스트들에게 '어서 그 아이를 쏘아라.' 자극하는 글이 있었지만 나는 더할 수 없이 침착했다. 마치 내가 아닌 다른 사람에 대한 글을 읽고 있는 것만 같았다.

나는 다시 한번 화면에 뜬 메시지를 쳐다보았다. 그리고 컴퓨터 화면을 닫고 다시는 그 글을 보지 않았다. 최악의 일이 일어났다. 내가 탈레반의 테러 목표가 되었다.

나는 차분했는지 모르나 아버지의 눈에는 눈물이 그렁그렁했다.

"괜찮니, 자니?"

나는 아버지를 안심시키려 애쓰며 말했다.

"아바. 사람은 누구나 언젠가 한 번은 죽잖아요. 죽지 않는 사람은 없어요. 탈레반에게 죽든, 암으로 죽든 결국은 죽게 되죠."

아버지는 내 말에 동의하지 않았다.

"우리 운동을 잠시 중단하는 게 좋겠다. 한동안 겨울잠을 자야 할 것 같구나."

자존심 강한, 두려움을 모르는 파슈툰의 아버지가 그렇게 흔들리는 모습을 보인 것은 그때가 처음이었다. 그 이전의 아버지는 늘 말하곤 했었다.

"날 죽이겠다면 죽이라고 해라. 나는 신념을 위해 죽을 것이다."

그러나 아버지는 탈레반이 그들의 분노의 화살을 아이에게 돌릴 것이라고는, 전혀 상상하지 못했던 것이다.

아버지의 얼굴은 고통으로 일그러져 있었고, 나는 내가 어떤 결정을 내리든 아버지가 그 결정을 존중해 주리라는 것을 알았다. 이것은 나의 소명이었다. 어떤 강력한 힘이 내게로 와 내 안에서 머물고 있었고, 나보다 훨씬 더 크고 더 강한 그 힘이 나를 두려움을 모르는 아이로 만들어 주었다. 항상 아버지가 내게 주던 용기를 이제 내가 아버지에게 주어야 할 차례였다.

"아바. 우리 목숨보다 더 위대한 무언가를 믿는다면 설사 우리가 죽는다고 할지라도 그 목소리는 널리 퍼져 나갈 거라고 한 사람이 바로 아버지예요. 우리는 멈출 수가 없어요."

아버지는 알았다고, 하지만 조심해야 한다고 말했다.

집으로 돌아가는 길에 나는 만일 탈레반이 나를 죽이러 온다면 무엇을 할 수 있을지 생각해 보았다.

글쎄, 그냥 신발을 벗어서 한 대 때려 줄까.

그러다 나는 생각했다. 만일 내가 신발로 탈레반을 때린다면 그와 내가 다를 게 없다. 절대 다른 사람에게 고통을 주는 행동을 해서는 안 된다. 평화와 대화를 통해서만 싸워야 한다. 나는 나 자신에게 말했다.

"말랄라. 그냥 그 사람에게 네 진심을 말해. 네가 원하는 건 교육이라고. 네 자신을 위한 교육. 모든 여성을 위한 교육. 그의 누이들, 그의 딸들을 위한 교육. 그를 위한 교육이라고."

그게 내가 할 수 있는 일이었다. 그러고 나서 나는 말할 것이다.

"이제 당신 마음대로 하세요."

21

봄의 약속

봄이 되면서 계곡은 따뜻해지기 시작했고 포플러나무들이 활짝 꽃망울을 터뜨렸다. 그리고 교육운동이 일으킨 아주 작은 기적이 바로 우리 집에서 일어나고 있었다. 어머니가 글 읽기를 배우기 시작한 것이다.

아버지와 내가 스와트 전역을 다니며 교육에 대한 이야기를 하는 동안 어머니는 쿠샬 학교의 울파트 선생님과 공부를 시작했다. 선생님이 시간이 날 때면 어머니가 공책과 연필을 들고 선생님을 찾아갔고, 점차 이상하고 구불구불한 선들이 어머니 앞에 의미 있는 문자로 변하기 시작했다. 어머니는 곧 우르두어*를 읽을 수 있게 되었고 영어도 배우기 시작했다.

---

* 파키스탄 공용어.

어머니는 나만큼이나 공부를 좋아했다. 아버지는 어머니가 너무나 오랫동안 배움의 기회를 박탈당하고 있었기 때문이라고 말했다. 저녁이면 어머니와 나는 차를 마시며 숙제를 함께 했다. 파슈툰 여자 두 세대가 행복하게 책 앞에 함께 앉은 것이다.

한편 나는 많은 곳을 다니느라 학교 공부를 조금 소홀히 할 수밖에 없었다. 믿고 싶지 않았지만 지난 학기에는 말카 에 누르가 일등을 했다. 그리고 물론 동생 쿠샬은 그것을 기회로 삼아 나를 놀려 댔다.

"누나가 파키스탄에서 가장 유명한 학생이 되느라 바쁘게 돌아다니는 동안 고향에서는 경쟁자가 누나 왕관을 훔쳐 갔네!"

하지만 이번에는 그다지 개의치 않았다. 이미 시험이 끝났고, 게다가 몇 년 만에 처음으로 소풍을 갈 예정이었기 때문에 아주 기분이 좋은 상태였다. 파즐울라가 장악하고 있던 시절에는 여자들이 집 밖으로 나갈 수 없었기 때문에 모든 소풍이 취소됐었다. 마침내 우리가 그렇게 좋아했던 봄소풍이 다시 돌아온 것이다.

우리는 버스를 타고 그 유명한 화이트 팰리스로 갔다. 하얀 대리석으로 지은 그 건축물은 너무나도 신비로워 지상의 것이 아니라 마치 구름처럼 하늘에 떠 있는 것만 같았다. 친구들과 나는 감탄하며 방과 정원을 둘러보았다. 그리고 나서 우리는 초록의 깊은 숲속에서 뛰어다니며 놀았다. 그리고 수정처럼 맑은 폭포에서 모두 함께 사진을 찍었다.

한 아이가 다른 아이에게 물을 끼얹었다. 떨어지는 물방울이 다이아몬드처럼 반짝였다. 참으로 아름다웠다. 우리는 한동안 꿈꾸듯 앉아 물 떨어지는 소리에 귀 기울였다.

모니바가 내게 물을 끼얹기 시작했다. 나는 그럴 기분이 아니었기 때문에 그만하라고 말했지만 모니바는 또 한 번 물을 뿌렸다. 그리고 또. 아버지가 나를 불러서 아버지에게 갔다 왔더니 모니바는 내가 가 버렸다고 화를 냈다. 다시 한번 우리는 늘 그랬듯 바보 같은 어리석음으로 그날을 망쳐 버렸다. 우리는 서로에게 화가 나 버스에서도 따로 앉은 채 집으로 향했다.

다음 날 아침, 한 남자가 복사한 편지 한 통을 들고 우리 집으로 왔다. 그 편지를 읽는 아버지 얼굴에서 핏기가 가셨다.

'친애하는 이슬람 형제들이여, 여기 쿠샬 학교라는 학교가 있다. 이곳은 천박함과 음란함의 중심이어서, 여학생들을 데리고 여기저기 소풍을 가기도 한다. 가라, 가서 화이트 팰리스의 관리인에게 물어보라. 그가 여학생들이 한 행동들을 말해 줄 것이며…….'

아버지는 편지를 내려놓았다.

"서명도 없는 익명의 편지야."

우리는 충격 속에 앉아 있었다. 소풍을 갔을 때 우리는 적절하지 못한 행동은 전혀 하지 않았다. 전화가 울리기 시작했다. 알고 보니 그 편지는 온 동네에 뿌려졌고 학교 근처 사원 벽에도 붙었던 것이다.

누군가 우리 소풍을 염탐하고 있었던 것이 분명했다. 학교에 대한 거짓말을 퍼뜨리느라 참으로 온갖 수고도 마다하지 않은 것이다. 탈레반은 이곳에서 물러났을지 모르지만 그들의 잘못된 믿음은 여전히 굳건함을 부정할 수 없게 되었다.

22

불길함

그해 여름 나는 열다섯 살이 되었다. 그 나이면 결혼하는 여자아이들이 많았다. 그리고 남자아이들도 가족을 부양하기 위해 학교를 떠나는 경우가 많았다. 나는 복이 많은 아이다. 나는 내가 원하는 한, 그리고 평화가, 비록 불완전한 평화일지라도 지속되는 동안 학교에 계속 다닐 수 있을 것이다. 폭탄이 터지는 일은 일 년에 두세 번 정도로 줄었고 탈레반의 살육 현장을 보는 일 없이 그린 광장을 지나다닐 수 있게 되었다. 그러나 진정한 평화는 추억에 불과한 것 같았다. 아니 희망에 불과한지도 몰랐다.

열다섯 살 생일이 내게 하나의 전환점처럼 느껴졌다. 나는 이미 성인 대접을 받고 있었다. 우리 사회에서는 열네 살이면 이미 성인이 된다. 나의 미래에 대해 검토하고 숙고해야 할 시간이었다. 정치가가 되고 싶다는 생각에는 확신을 가지고 있었다. 정치라는 단어가 좀 세속적으로 느껴지지만 나는 다를 것이라 생각한다. 정치인들이 오직 입으로만 약속하는 일들을 나는 직접 실행에 옮길 것이다. 우선 교육 문제, 특히 여성 교육부터 시작할 것이다. 이제 학교에 다니기 위해 투쟁할 필요가 없다고 해서 그 문제에 대한 내 관심이 줄어든 것은 전혀 아니었다.

나는 많은 상을 받았고 너무 과분하다고 느끼기 시작했다. 내가 과연 그럴 자격이 있을까 생각했다. 아직도 너무나 많은 어린이들이 고통을 받고 있는데 내가 시상식이며 축하 행사를 즐기고 있어도 되는 걸까?

나는 아버지에게 상금으로 받은 돈의 일부를 다른 사람을 돕는 데 쓰고 싶다고 말했다. 나는 강가에서 쓰레기를 뒤지던 아이들을 결코 잊은 적이 없었다. 그런 아이들을 돕고 싶었다. 그래서 나는 교육재단을 시작하기로 결심했다. 학교에서 스물한 명의 여학생과 함께 모임을 조직했고, 우리는 스와트의 모든 여학생들이 교육받을 수 있도록 도울 방법을 의논했다. 우리는 우선 거리에서 노숙하는 아이들과 아동 노동으로 착취당하고 있는 아이들에게 초점을 맞추기로 했다. 우리는 이 주제를 계속 논의하기로 했고, 그래서 가을에는 우리가 해야 할 일들을 결정하기로 했다.

8월 초, 아버지는 끔찍한 소식을 들었다. 아버지의 가까운 친구인 자히드 칸이 공격을 당했다. 우리 아버지처럼 그도 반탈레반 운동을 하는 사람이었다. 어느 날 밤 기도를 마치고 집으로 돌아가던 그에게 누군가 다가와 얼굴에 총을 쏘았다.

아버지는 그 소식을 듣고 자리에 털썩 주저앉았다. 마치 아버지가 총을 맞은 듯한 모습이었다.

“우리 둘 다 탈레반 공격 명단에 있었소.”

마침내 아버지가 어머니에게 털어놓았다.

“사람들은 둘 중에 누가 먼저 당할지 염려하고 있었소.”

탈레반이 물러났다고 했지만 스와트에는 여전히 폭력이 존재하고 있었다. 예전에는 이 지역 사람이면 누구나 공격당할 위험이 있었다면, 지금은 반탈레반 운동을 했고 현재도 계속해서 평화 캠페인을 벌이고 있는 사람들이 위협의 대상이었다.

다행히 자히드 칸은 기적과도 같이 목숨을 건졌다. 이 일이 있은 후 아버지의 일상이 달라졌다. 매일 일정을 바꾸며 다른 길로 다니기 시작한 것이다. 하루는 아침에 초등학교에 먼저 갔고 다음 날은 여학교, 그다음 날은 남학교에 먼저 출근했다. 그리고 안으로 들어가기 전 미행한 사람은 없는지 거리 양쪽을 네댓 번씩 살피곤 했다.

밤마다 아버지는 내 방으로 왔다. 잘 자라는 인사를 하러 왔다고 말했지만 실은 창문들이 잘 잠겼는지 확인하는 것이 목적이었다. 그런 아버지를 보며 내가 말했다.

"아바, 왜 창문들을 다 잠갔어요?"

"자니, 네 안전을 위해서다!"

"만일 탈레반이 나를 죽이고 싶었다면 2009년에 이미 죽였을 거예요. 그땐 그네들 세상이었잖아요."

아버지는 머리를 흔들며 말했다.

"어쨌든 안전을 생각해야 한다."

내 방은 컸고 집 건물의 앞쪽에 위치해 있었으며 창문이 많았다. 누군가 담을 넘어 곧장 내 방으로 뛰어들지나 않을까 때로 걱정하곤 했다. 나는 또 식구들이 대문 잠그는 것을 잊지는 않았을까 늘 염려했다. 그래서 모두 잠든 후 살금살금 밖으로 나가 대문 걸쇠를 확인했다.

그해 가을 이상한 일들이 자꾸 일어났다. 낯선 사람들이 집으로 와 아버지에게 아버지 친구들과 가족들에 대해 질문을 던졌다. 아버지는 그들이 정보부 사람들이라고 했다. 때로 그들은 학교로 와 염탐하듯 기웃거리기도 했다.

소소한 일들도 있었다. 선생님 한 사람이 어느 날 아침 신경이 곤두선 채 학교로 와 나에 대한 악몽을 꾸었다고 말했다.

"내 꿈에서 네가 많이 다쳤단다. 네 다리에 불이 붙어 있었고."

우리 집 벽에 걸려 있던 내 초상화가 이상하게도 밤새 기울어진 일도 있었다. 내가 아는 세상에서 가장 인자한 사람인 아버지가 다음 날 아침 그것을 보자 몹시 언짢아하며 어머니를 질책

했다.

"저 그림 똑바로 걸어 놓도록 해."

나 역시 악몽을 꾸기 시작했다. 꿈에서 남자들이 내 얼굴에 염산을 뿌렸다. 남자들이 뒤로 몰래 다가오는 꿈도 있었다. 때로 우리 집 앞 골목 모퉁이를 돌아갈 때 뒤에서 울리는 발걸음 소리를 들은 것 같기도 했다. 그리고 내가 지나갈 때 어떤 형체들이 어두운 그림자로 변하는 상상을 해 보기도 했다.

부모님에게는 나의 이런 악몽과 두려움을 이야기하지 않았다. 모니바에게도 말하지 않았다. 나는 다른 사람들을 걱정시키고 싶지 않았다.

23

평범한 어느 날

10월 둘째 화요일은 다른 날과 똑같이 시작됐다. 나는 늦었다, 늘 그랬던 것처럼. 늦잠을 잤기 때문이다, 늘 그랬던 것처럼. 평소보다 늦게까지 잠을 자지 않고 모니바와 수다를 떨었고, 파키스탄 역사 시험공부를 했다. 나는 이미 물리 시험에서 실망스러운 성적을 얻었기 때문에 말카 에 누르에게서 일등을 되찾아 오기 위해선 이번 시험에서 만점을 받아야 했다. 그것은 자존심의 문제이기도 했고, 형제간의 문제이기도 했다. 내가 일등을 못 하면 쿠샬이 끝도 없이 걸고넘어질 것이기 때문이다.

나는 허겁지겁 달걀 프라이 조금과 차파티를 차와 함께 먹은 후 대문 밖으로 뛰어나갔고 늦지 않게 학교 버스를 탈 수 있었다. 버스는 등교하는 다른 아이들로 꽉 차 있었다. 나는 그날 아침 기분이 좋았다. 우스꽝스러울 만큼 기분이 좋았다. 아침 식탁에서 아버지는 내가 총리가 되면 아탈이 내 비서가 될 수 있을 거라고 아탈을 놀렸다. 물론 아탈은 자기가 총리가 되고 내가 비서가 될 거라고 말했지만.

내 삶의 모든 것이 다 순조로운 것처럼 보였다. 어머니는 글 읽기를 배우고 있었고, 나는 내가 사랑하는 학교에 다니고 있었다. 그리고 모니바와도 다시 친하게 잘 지내고 있었다. 나는 말카 에누르를 신경 쓰지 말고 그저 내 공부를 열심히 하자고 마음먹었다. 나는 이 모든 것에 대해 신께 감사해야 한다고 생각했고, 감사하게 생각했다. 그래서 나는 시험 시간 몇 분 전 마지막으로 공부를 하며 감사의 기도를 올렸다.

"오, 신이시여, 제가 꼭 일등을 하게 해 주세요. 전 정말 열심히 공부했답니다."

나는 시험 기간에 기도를 제일 많이 한다. 이슬람교에서는 하루에 다섯 번 기도를 올려야 하는데 대개 나는 정해진 시간을 맞추지 못했다. 하지만 시험 기간만 되면 나와 친구들 모두 제시간에 기도를 하곤 했다. 나는 시험을 잘 보게 해 달라고, 또는 일등을 하게 해 달라고 기도했다. 하지만 선생님들은 말하곤 했다.

"너희들이 열심히 공부하지 않으면 신께서는 좋은 점수를 주시지 않을 것이다. 신은 정직한 분이란다."

그래서 나는 기도도 열심히 하지만 공부도 열심히 한다.

그날 시험이 끝나고 나는 시험을 아주 잘 봤다고 자신했다. 모니바가 학교에 남아서 놀다가 두 번째 버스를 타자고 말했다. 우리는 더 오래 수다를 떨기 위해 그렇게 하곤 했다.

버스가 도착하자 나는 아탈을 찾느라 주변을 둘러보았다. 어머니가 아탈에게 나와 같은 버스를 타고 오라고 말했기 때문이다.

하지만 나는 곧 다른 데 한눈을 팔았다. 버스 기사가 조약돌을 사라지게 하는 마술을 보여 주었고 아이들과 함께 그것을 구경하느라 정신이 없었다. 우리가 아무리 졸라도 버스 기사는 그 마술의 비밀을 알려 주지 않았다.

나는 아탈은 까맣게 잊은 채 버스에 올라탔다. 우리 스무 명은 바짝 붙어서 평소 앉던 자리에 앉았다. 모니바는 내 옆에 앉았고 나머지 친구들은 우리 건너편 긴 의자에 앉았다. 히나라는 이름의 어린 소녀가 평소에는 내 친구 샤지아가 앉던 내 옆자리에 앉으며 샤지아를 가방을 올려 두는 자리로 밀었다. 샤지아가 매우 기분이 상해 보여 나는 히나에게 자리를 바꾸어 달라고 부탁했다.

버스가 막 출발하려 할 때 아탈이 뛰어왔다. 아탈은 버스 뒤 꼬리 판 위로 뛰어올랐다. 이것은 아탈의 새로운 장난으로, 집까지 버스 꼬리 판에 매달려 가려는 것이다. 위험한 일이었고 버스 기사는 그런 행동에 넌더리를 내고 있었다.

"안에 타라, 아탈."

기사가 말했다. 하지만 아탈은 꿈쩍도 하지 않았다.

"누나들과 안에 타라, 아탈 칸 유사프자이. 그러지 않으면 안 데리고 간다!"

이번에는 더 강력하게 말했다.

아탈이 여자들과 같이 앉느니 차라리 걸어가겠다고 소리를 질렀다. 그러고는 꼬리 판에서 뛰어내렸고 발끈 화를 내며 달려가 버렸다.

버스 안은 덥고 끈끈했다. 밍고라의 혼잡한 거리를 달리고 있을 때 한 아이가 심심한지 노래를 부르기 시작했다. 후텁지근한 공기에는 기름 냄새와 빵, 케밥 냄새 같은 낯익은 냄새와 사람들이 쓰레기를 버리는 인근 개천의 악취가 배어 있었다. 우리는 평소처럼 육군 검문소에서 큰길을 벗어났고 테러리스트 수배 포스터를 지나갔다.

리틀자이언트 과자 공장을 막 지났을 때 이상하게도 주변이 아주 조용해졌고 버스가 속도를 줄이다가 멈춰 섰다. 나는 젊은 남자 한 사람이 우리를 막아 세운 것도, 버스 기사에게 이 버스가 쿠샬 학교 버스인지 물어본 것도 기억하지 못한다. 또 다른 남자가 버스의 후미로 뛰어올라 우리가 앉아 있는 쪽으로 몸을 기울였던 것도 기억하지 못한다. 나는 그가 질문을 던진 것도 듣지 못했다.

"말랄라가 누구냐?"

그리고 나는 탕, 탕, 탕, 세 발의 총소리도 듣지 못했다.

마지막으로 내가 기억하는 것은 다음 날 치를 시험 생각을 했다는 것이다. 그리고 모든 것이 검게 물들었다.

5부

새로운 생활을 시작하다

24

버밍엄이란 곳

10월 16일 내가 깨어났을 때 많은 사람들이 나를 둘러싸고 내려다보고 있었다. 그들 모두 눈이 네 개, 코가 두 개, 입이 두 개인 것처럼 보였다. 눈을 깜박여 보았지만 소용이 없었다. 모든 것이 겹쳐 보였다.

'감사합니다, 신이시여, 제가 죽지 않았군요.'라는 생각이 제일 먼저 떠올랐다. 그러나 내가 어디에 있는지, 이 사람들이 누구인지 알 수 없었다.

다들 영어로 말을 하고 있었지만 보기에는 각기 다른 나라에서 온 사람들처럼 보였다. 나도 영어를 할 줄 알았기에 입을 열어 말을 해 보려 했지만 아무 소리도 나오지 않았다. 가느다란 관 같은 것이 목에 꽂혀 있는 듯했다. 그 관이 내 목소리를 빼앗아 간 것 같았다.

나는 높은 침대 위에 누워 있었고, 삐삐, 윙윙, 낮은 소리를 내는 복잡한 기계들에 둘러싸여 있었다. 그때야 나는 알 수 있었다. 아, 여긴 병원이구나.

덜컥 겁이 나며 가슴이 조여 왔다. 내가 병원에 있다면 그럼 우리 부모님은 어디 있는 걸까? 아버지도 다친 걸까? 살아는 있는 걸까? 내게 무슨 일이 생겼다는 것은 알 수 있었다. 그런데 나는 어째서인지 우리 아버지에게도 무슨 일이 생겼을 거라고 확신하고 있었다.

머리에 스카프를 쓴 마음 좋아 보이는 여자가 내 곁에 있었다. 그는 자신의 이름은 레한나이며 이슬람 사제라고 말했다. 그가 우르드어로 기도를 하기 시작했고 나는 그 즉시 편안함과 안전함을 느끼며 위안을 얻었다. 마음을 달래 주는 아름다운 코란의 구절에 귀를 기울이며 나는 눈을 감았고 다시 잠에 빠져들었다.

다시 눈을 떴을 때 나는 초록색 방에 있었다. 창문은 없었지만 아주 환하고 밝은 방이었다. 그 상냥한 이슬람 사제는 이미 가고 없었고 그 자리에 의사와 간호사가 있었다.

의사가 내게 우르두어로 말했다. 이상하게도 의사의 목소리는 답답하게 들렸다. 마치 아주 멀리서 이야기를 하고 있는 것만 같았다. 그는 내가 안전하며 그가 나를 파키스탄에서 데리고 왔다고 말했다. 나는 말을 하려 했지만 할 수 없었고, 그래서 손으로 글자를 써 보려 했다. 묻고 싶은 말을 한 자씩 쓸 수 있을 거라 생각했다. 간호사가 종이와 펜을 가지고 왔다. 하지만 나는 제대로 글자를 쓸 수가 없었다. 아버지 전화번호를 써서 주고 싶었고, 질문도 하고 싶었지만 모든 것이 뒤죽박죽이 되어 나왔다. 그러자 의사가 알파벳 보드를 가져왔고 나는 손으로 알파벳을 하나씩 가리켰다.

내가 만든 첫 번째 단어는 '아버지'였고, 그다음은 '나라'였다.

'우리 아버지는 어디 있어요? 알고 싶어요. 그리고 여기는 어느 나라인가요?'

의사의 목소리는 여전히 알아듣기 힘들었지만 내가 버밍엄이라는 곳에 있다고 말하는 것 같았다. 나는 버밍엄이 어디인지 몰랐다. 나중에야 버밍엄이 영국에 있다는 것을 알게 되었다.

의사는 아버지에 대해 아무 말도 하지 않았다. 왜 말하지 않는 것일까? 아버지에게 무슨 일이 있는 것이 틀림없다. 그렇지 않으면 왜 이야기를 안 하겠는가? 나는 이 의사가 도로변에서 나를 발견했고 우리 아버지도 다쳤다는 것을 모르고 있다고 혼자 생각했다. 아니면 우리 아버지를 어디서 찾아야 할지 모르고 있거나. 나는 의사에게 아버지 전화번호를 알려 주고 싶었다. 그러면 그가 아버지에게 연락할 수 있을 텐데.

나는 긴신히 조금씩 움직여 디시 한번 '이버지'리는 단어를 만들었다. 그러자 극심한 고통이 내 머리를 꿰뚫었다. 마치 수백 개의 면도날이 내 머리 안에서 서로 부딪치며 쟁그랑거리고 있는 것만 같았다. 나는 숨을 쉬려 애썼다. 그러자 간호사가 몸을 숙여 거즈로 왼쪽 귀를 닦았다. 거즈에 피가 묻어 나왔다. 내 귀에서 피가 나오고 있었다. 어떻게 된 것일까? 나는 손을 들어 귀를 만지려 했지만 되지 않았다. 멀리 떨어져 서서 내 손이 제대로 움직이지 않는 것을 바라보고 있는 듯한 느낌이었다. 도대체 내게 무슨 일이 일어난 걸까?

간호사와 의사가 들어오고 나가고 했다. 아무도, 아무 말도 해 주지 않았다. 대신 그들은 내게 질문을 던졌다. 나는 대답으로 고개를 끄덕이거나 흔들었다. 그들은 내가 내 이름을 알고 있는지 물었다. 나는 고개를 끄덕였다. 왼손을 움직일 수 있나고 물었다. 나는 고개를 흔들었다. 그들은 많은 것을 물었지만 내 질문에는 답을 해 주지 않았다.

모든 것이 너무 힘들었다. 쏟아지는 질문들, 심한 두통, 아버지에 대한 걱정. 눈을 감아도 어둡지 않았고 마치 태양이 내 눈꺼풀 아래에서 빛나고 있는 것처럼 온통 환한 빛이었다. 나는 아득하게 정신을 잃었다 깨어났다 했다. 그러나 잠을 잤다는 느낌은 전혀 들지 않았다. 깨어 있는 순간만이 길게 이어졌으며, 머리에는 아픔과 질문들이 가득 찼다 사라졌다 했다.

내가 있던 방은 중환자실이었고 창문이 없었기 때문에 낮인지 밤인지 알 수 없었다. 내가 아는 사실은 우리 아버지 어디 있나요, 라고 아무리 물어도 아무도 대답해 주지 않는다는 것뿐이다.

그러나 새로운 의문이 또 하나 생겼다. 온갖 복잡한 기계들로 가득한 방을 둘러보며 나는 생각하지 않을 수 없었다. 누가 이 병원비를 다 내는 거지?

한 사람이 병실로 들어와 피오나 레이놀즈 박사라고 자신을 소개했다. 그는 마치 우리가 오랜 친구 사이인 것처럼 말을 걸었다. 그는 내게 초록색 곰 인형과(나는 곰 인형에게 어울리지 않는 색깔이라 생각했다.) 분홍색 공책 한 권을 건넸다. 내가 쓴 첫 단어는 '고맙습니다'였다.

그다음 나는 이렇게 썼다.

'왜 우리 아버지가 없나요?'

그리고 이렇게도 썼다.

'우리 아버지는 돈이 없어요. 병원비는 어떻게 하죠?'

그가 말했다.

"네 아버지는 안전하게 파키스탄에 계셔. 그리고 병원비 걱정은 하지 않아도 된단다."

아버지가 무사하다면 왜 여기에 오지 않는 걸까? 어머니는 어디에 있을까?

나는 피오나 박사에게 하고 싶은 질문이 더 많았지만 필요한 단어들이 떠오르지가 않았다. 그는 그런 나를 이해하는 것 같았다.

"네게 나쁜 일이 일어났었지만 지금은 다 괜찮단다."

도대체 무슨 일이 있었던 것일까? 기억하려 애를 써 보았으나 온갖 이미지가 머릿속을 떠다닐 뿐 무엇이 진짜이고 무엇이 꿈인지 알 수 없었다.

나는 아버지와 함께 버스에 타고 있고, 두 남자가 우리를 총으로 쏘았다. 침대에, 혹은 들것에 누워 있는 나를 둘러싸고 선 사람들이 보인다. 아버지는 보이지 않는다. 나는 큰 소리로 말하려 애를 쓴다. 아바, 어디 있어요? 우리 아버지 어디 있어요? 하지만 목소리가 나오지 않는다. 그러다 아버지가 보였고 나는 기뻐하며 안도한다.

누군가 나를 내려다보고 있음이 느껴진다. 그의 두 손이 내 목 바로 위에 있다. 곧 내 목을 조를 것이다. 나는 들것에 누워 있고 아버지가 내게 손을 뻗고 있다. 나는 잠에서 깨려 애를 쓴다. 어서 학교에 가야 한다. 하지만 일어날 수가 없다. 학교와 친구들이 보이지만 나는 그들에게 다가갈 수가 없다.

검은 옷을 입고 내게 총을 겨누고 있는 남자가 보인다. 의사가 내 목에 가는 관을 꽂으려 하고 있다. 나는 내게 말한다. 넌 죽은 거야.

그러나 그때 나는 아직 천사가 내려오지 않았음을 깨닫는다.

이슬람교도들에게는 죽고 나면 천사가 다가와 질문을 던진다. 너의 신은 누구시냐? 누가 너의 선지자이시냐? 그제야 나는 내가 죽었을 리가 없다는 것을 깨닫고 이 끔찍한 악몽에서 깨어나기 위해 싸우고 몸부림친다.

너무나도 사실처럼 느껴지는 꿈들이지만 나는 그 모든 것이 사실일 수는 없다는 것을 안다. 어쨌든 나는 결국 버밍엄이란 곳으로 오게 되었고, 온갖 기계로 가득한 방에 있으며 내 곁에는 초록색 곰 인형뿐이다.

25

문제와 해결

병원에서 지낸 처음 며칠 동안 나는 꿈과 생시를 오락가락했다. 내가 총에 맞았다고 생각은 했지만 확신할 수는 없었다. 꿈이었을까, 아니면 진짜 기억일까?

나는 단어도 제대로 기억나지 않았다. 내가 간호사에게 준 메모 중에는 '내 이에 철사질을 해 주세요.'라고 쓴 것이 있었다. 머리를 때리는 듯한 두통도 사라지지 않았다. 모든 것이 이중으로 겹쳐 보였고 잘 들리지도 않았으며 왼팔을 움직일 수도 없었고 왼쪽 눈을 감을 수도 없었다. 하지만 무슨 이유에서인지 나는 이에 치실을 하고 싶었던 것이다.

"네 이는 괜찮단다."

의사가 말했다.

"다만 혀의 감각이 무디어진 거야."

나는 고개를 저으려 했다. 아뇨, 그게 아니라 내 이에 뭔가 꼈다니까요. 나는 설명을 하고 싶었지만 머리를 흔들자 또다시 면도날 같은 통증이 시작되어 가만히 있을 수밖에 없었다. 나는 그들을 설득할 수 없었다. 그리고 그들도 나를 설득할 수 없었다.

그러다 나는 내 초록색 곰 인형이 사라진 것을 알아차렸다. 대신 그 자리에 하얀색 곰 인형이 있었다. 첫날부터 내 곁을 지키고 있었던 그 초록색 곰 인형에게 나는 특별한 애정을 느끼고 있었다. 그 인형이 내게 의지가 되었던 것이다.

나는 공책에 썼다.

'초록색 곰 인형은 어디에 있나요?'

아무도 내가 원하는 답을 주지 않았다. 그들은 그 하얀 곰 인형이 첫날부터 줄곧 내 곁에 있었다고 말했다. 불빛과 초록색 벽이 곰 인형에 초록색을 반사시켰는지도 모르겠지만 애초에 곰 인형은 하얀색이었다고, 늘 하얀색이었다고 말했다.

한편 병실의 환한 불빛은 마치 뜨거운 흰색 단검처럼 내 눈을 찔러 댔다. 특히 감겨지지 않는 왼쪽 눈이 아팠다. '제발 불을 꺼 주세요.' 나는 공책에 애원했다.

간호사들은 최선을 다해 방을 어둡게 해 주었고, 통증에서 벗어난 나는 다시 아버지 걱정으로 돌아갔다. '우리 아버지는요?' 나는 공책에 그렇게 썼다. 움직일 수도 없고, 잘 들을 수도 없고,

제대로 보이지도 않을 때, 생각은 제자리에서 빙글빙글 돌기 마련이다. 내 생각은 계속 같은 질문으로 되돌아갔다. 아버지는 어디에 있지?

매일 다른 의사나 간호사가 내 방으로 와서 이불을 갈아 주고 내 시력을 확인했다. 그때마다 나는 공책을 건네며 아버지에 대한 질문을 손으로 가리켰다. 그들은 모두 걱정하지 말라는 말만 할 뿐이었다. 그러나 나는 걱정하지 않을 수 없었다. 걱정을 멈출 수가 없었다.

그리고 이 많은 병원비를 우리가 어떻게 감당할지 그것도 큰 고민이었다. 의사와 간호사가 이야기를 나누고 있는 모습을 볼 때마다 나는 그들이 이런 대화를 하고 있다고 확신했다. '말랄라는 돈이 하나도 없어. 말랄라는 치료비를 낼 수가 없어.' 늘 표정이 어두운 의사가 한 사람 있었다. 나는 그에게 물었다. '왜 그렇게 우울하세요?' 내가 병원비를 낼 수 없는 것을 알고 우울해한다고 생각했던 것이다. 그가 대답했다.

"난 우울하지 않단다."

'병원비는 누가 내나요? 우리는 돈이 없거든요.'

"걱정하지 않아도 된다. 병원비는 너희 나라 정부에서 낼 거다."

그 후로 그는 나를 볼 때면 늘 미소를 지었다.

그러자 또 새로운 걱정이 나를 사로잡았다. 우리 부모님은 내가 어디 있는지 알고 있는 걸까? 어쩌면 부모님은 나를 찾느라 밍고라의 거리와 골목을 헤매고 있을지도 모른다. 하지만 나는 낙천적인 사람이어서 문제를 마주치면 늘 해결할 방법을 생각하곤 했다. 그래서 나는 병원 안내 데스크에 전화를 부탁해서 우리 부모님과 통화를 해야겠다는 생각을 해 냈다.

하지만 그렇게 비싼 국제전화요금을 낼 돈이 없다는 사실이 떠올랐다. 여기서 파키스탄에 전화를 걸 때 번호를 어떻게 눌러야 하는지도 몰랐다. 그래서 나는 생각했다.

'밖에 나가서 일을 해야겠다. 그래서 돈을 벌어 전화를 사서 부모님에게 전화를 거는 거야. 그러면 우리 가족은 다시 함께 모여 살 수 있어.'

피오나 박사가 내 병실로 와서 신문 오린 것 하나를 건넸다. 그것은 우리 아버지가 파키스탄 육군참모총장 옆에 나란히 서 있는 사진이었다. 아버지는 살아 있었던 것이다! 그리고 두 사람 뒤 배경에 아탈도 있었다!

나는 미소를 지었다. 내게 뭔가 나쁜 일이 일어났지만 나는 살아 있고, 이제 아버지도 살아 있다는 것을 알게 되었다. 감사해야 할 일이었다.

그러다 사진 뒤쪽에 동생 가까이 앉아 있는 숄을 쓴 사람에게 눈길이 갔다. 나는 그 발을 알아보았다. 어머니의 발이었다!

'우리 어머니예요!'

피오나 박사에게 그렇게 썼다.

그날 밤 나는 좀 더 깊은 잠을 잘 수 있었다. 이상한 꿈을 많이 꾸었다. 많은 사람들에게 둘러싸인 채 침대에 누워 있는 꿈도 있었고, 총에 맞는 꿈도 있었다. 폭탄이 터지기도 했다. 잠에서 깨어난 나는 초록 곰 인형을 찾았지만 거기 있는 것은 늘 하얀 곰 인형이었다.

이제 가족이 모두 무사하다는 것을 알고 난 나는 치료비를 어떻게 낼 것인가 하는 문제를 걱정하며 매 시간을 보내기 시작했다. 아버지가 집에 있는 것은 분명 병원비 때문에 많지도 않은 재산을 처분하기 위해서일 것이다. 우리 집도, 학교 건물도 임대였다. 아버지가 소유한 것을 모두 팔더라도 병원비로 충분하지 않을 것이다. 아버지는 돈을 빌리러 다니고 있는 걸까? 친구들에게 전화를 해서 돈을 부탁하고 있는 걸까?

그날 오후, 내게 우르두어로 말을 했던 의사 자비드 카야니 박사가 그의 휴대전화를 가지고 들어왔다.

"부모님에게 전화를 하자꾸나."

그가 사무적인 말투로 말했다. 나는 믿을 수가 없었다.

"울지 말아야 한다."

그가 단호한 어조로 말했다.

"눈물을 흘리지도 말거라. 강해져야 한다. 그렇지 않으면 너희 가족들이 몹시 걱정을 하게 될 거다."

나는 고개를 끄덕였다. 나는 이곳에 도착한 이후로 단 한 번도 울지 않았다. 왼쪽 눈에서 끊임없이 눈물이 흐르고는 있었지만 결코 울지는 않았다.

몇 번 신호음이 들린 후 아버지의 친숙하고 다정한 목소리가 들렸다.

"자니?"

아버지가 말했다.

"잘 있니, 나의 자니?"

나는 목에 관을 꽂고 있어 대답을 할 수 없었다. 그리고 얼굴에 감각이 둔했기 때문에 미소를 지을 수도 없었다. 하지만 나는 마음으로 미소를 지었고, 아버지도 그 미소를 느끼고 있음을 알 수 있었다.

"내가 곧 가마."

아버지가 말했다.

"이제 그만 쉬어라. 이틀 후면 우리가 도착할 거다."

아버지의 목소리는 크고 밝았다. 어쩌면 너무 밝았다. 그때야 나는 깨달았다. 아버지 역시 울지 말라는 말을 들었을 것이다.

26

수많은 질문

나는 분홍색 공책에 새 메모를 썼다. '거울'.

그 메모를 본 간호사가 하얀색 작은 거울을 가져왔고, 나는 거울에 비친 내 모습을 보고 깜짝 놀랐다. 긴 머리카락 절반이 완전히 사라지고 없었다. 왼쪽 눈썹에는 꿰맨 바늘 자국들이 있었다. 아주 커다란 시퍼렇고 누런 멍이 왼쪽 눈가에 남아 있었다. 내 얼굴은 퉁퉁 부어 거의 멜론 크기였다. 게다가 왼쪽 입가가 아래로 축 처져 있었다.

이 일그러진 얼굴의 불쌍한 말랄라는 도대체 누구인가? 도대체 말랄라에게 무슨 일이 일어난 건가?

나는 혼란스러웠지만 화가 나진 않았다. 그저 궁금했을 뿐이다. 나는 내가 느끼고 있는 감정을 어떻게 표현해야 할지 알 수 없었다.

'이제 내 머리카락이 조금이네요.'

나는 고작 그렇게 쓸 수밖에 없었다.

탈레반이 내 머리를 밀어 버린 걸까? 나는 생각했다.

'어떻게 됐나요 이런 일이 내게?'

나는 그렇게 썼다. 단어들이 뒤죽박죽이었다. 내게 무슨 일이 있었던 건가요? 그렇게 묻고 싶었던 것이다. 피오나 박사는 늘 하던 말을 했다.

"나쁜 일이 일어났었지만 이제 넌 안전하단다."

그러나 이번엔 그 말만으로는 충분하지 않았다. 나는 내가 쓴 단어들을 가리켰다.

'내가 총에 맞았나요?'

나는 하고 싶은 말들을 다 쓸 수 있을 만큼 연필을 빨리 움직일 수가 없었다. 나는 또 묻고 싶었다. 다른 사람은 다치지 않았는지? 폭탄이 터졌던 것인지?

지끈거리는 머리와 나쁜 기억력과 말을 할 수 없게 만드는 목의 관 때문에 좌절감이 심해지고 있었다. 나는 몸을 뒤척이기 시작했다. 여기서 나가야겠다. 나가서 컴퓨터를 찾아서 내 이메일을 확인하고 무슨 일이 있었는지 누군가에게 물어봐야겠다. 피오나 박사가 허리에 차고 있는 휴대전화가 보였고 나는 전화기를 쓰고 싶다는 몸짓을 해 보였다. 나는 손바닥에 전화번호를 누르는 시늉을 하고 '전화기'를 내 귀에 대었다.

피오나 박사가 부드럽게 내 손목을 잡으며 한숨을 쉬었다. 그러고 나서 아주 천천히, 그리고 차분하게 이야기를 시작했다.

"너는 총에 맞았단다. 버스에서. 학교에서 집으로 돌아가는 길이었지."

그들이 한 짓이군, 나는 생각했다. 탈레반이 하겠다고 했던 일을 정말로 실행한 것이다. 나는 분노했다. 그들이 나를 쐈기 때문이 아니었다. 내가 그들에게 말할 틈을 주지 않았다는 것 때문이었다. 이제 그들은 내가 해야 했던 말을 들을 수 없게 되었다.

"다른 여학생 두 명도 다쳤고."

피오나 박사가 말했다.

"하지만 그 이이들은 둘 다 괜찮단다. 샤지아와 카이나트란다."

나는 그 이름들을 기억해 내지 못했다. 이름은 기억하더라도 그 아이들이 누구인지 기억나지 않았다.

피오나 박사는 총알이 내 왼쪽 눈 옆 관자놀이를 뚫고 들어가 46센티미터 가량을 이동한 후 왼쪽 어깨에 박혔다고 말했다. 하마터면 그 총알에 눈을 잃을 수도 있었고 뇌를 다칠 수도 있었다고 말했다.

"네가 살아 있는 것은 기적이란다."

나는 말을 하려 했지만 그럴 수 없다는 것이 떠올랐다.

나는 거울을 들어 내 관자놀이 옆에 점점이 있는 검은 것들을 가리켰다.

피오나 박사가 살짝 얼굴을 찌푸렸다.

"화약 가루란다."

나는 손을 들어 내 왼손가락들 위에 있는 더 많은 검은 점들을 보여 주었다.

"그것도 화약 가루란다. 아마 마지막 순간에 손을 들어 얼굴을 가렸던 것 같구나."

내가 외모에 꽤 신경을 쓰던 아이라는 것을 인정한다. 한 번도 내 외모에 만족한 적이 없었다. 코는 너무 컸고, 얼굴에 점도 많았다. 피부도 너무 검었다. 심지어 발가락도 너무 길었다.

그런데 거울에 비친 이 말랄라를 나는 그저 호기심으로 바라보고 있었다. 마치 표본을 살펴보는 과학자처럼. 나는 정확하게 무슨 일이 있었던 건지, 어디에 총알을 맞았던 건지, 그 총알이 어떤 상처를 입힌 건지 이해하고 싶었다. 나는 내가 보고 있는 모습에 매료되었다.

나는 슬프지 않았다. 나는 무섭지도 않았다. 그저 생각했다.

'내가 어떤 모습이든 그건 중요하지 않아. 나는 살아 있잖아. 정말 감사한 일이야.'

나는 피오나 박사를 쳐다보았다. 그는 내 앞에 휴지 상자를 놓아 주었다. 내가 울 기라고 생각했던 것 같다. 예전의 말랄라였다면 울었을지도 모른다. 하지만 거의 목숨을 잃을 뻔한 경험을 하고 나면 거울에 비친 이상한 얼굴은 내가 이 세상에 살아 있다는 증거일 뿐이었다. 나는 그저 총알이 입힌 상처에 대해 더 알고 싶었을 뿐이다. 총알이 내 뇌를 뚫고 지나갔나? 그래서 제대로 들리지 않는 건가? 왜 왼쪽 눈이 감기지 않지? 그리고 이런 증상들이 움직이지 않는 왼팔과도 관계가 있는 건가?

나는 피오나 박사에 너무나도 많은 질문들을 하고 싶었지만 한 가지만을 물었다.

'언제 집에 갈 수 있나요?'

27

시간 보내기

하루는 또 다른 피오나가 내 병실로 왔다. 그의 이름은 피오나 알렉산더였고, 병원의 홍보실 책임자라고 자신을 소개했다. 나는 신기하다고 생각했다. 스와트에서는 병원에 홍보실이 있는 걸 상상할 수 없었기 때문이다.

그는 내 사진을 찍고 싶다고 말했다. 나는 이건 정말로 더 신기하다고 생각했다. 도대체 누가 왜 나같이 생긴 아이의 사진을 원한단 말인가?

사진을 찍어도 괜찮겠냐고 그가 다시 한번 물었다. 나는 퉁퉁 부은 얼굴로 병상에 누워 있는 내 사진을 찍는 것이 무슨 소용이 있는지 알 수 없었지만 이곳 사람들 모두 매우 친절했기에 나도 친절로 보답하고 싶었다. 그리고 어쩌면 우리 부모님도 내 사진을 볼지 모르고, 그러면 부모님께 희망을 줄 것이며 부모님이 내게 더 빨리 오는 계기가 될 수도 있을 거라 생각했다. 나는 사진 찍는 일에 동의하며 두 가지를 부탁했다. 머리를 가릴 수 있게 숄을 달라는 것, 그리고 오른쪽 모습을 찍어 달라는 것이었다. 내 왼쪽 얼굴은 촬영에 전혀 협조적이지 않을 테니까.

병원에 있을 때 가장 힘든 점은 심심하다는 것이다. 나는 가족을 기다리며 병실의 시계를 바라보고 지냈다. 시곗바늘이 돌아가는 것을 보며 내가 정말로 살아 있구나, 느낄 수 있었고, 가족이 도착할 시간이 일 분, 일 분 줄어 가는 것도 볼 수 있었다. 집에서 시계는 늘 나의 적이었다. 그저 이불 밑으로 숨어들고만 싶은 내게서 아침마다 잠을 훔쳐 가곤 했으니까. 내가 마침내 그 시계와 친구가 되었다는 이야기를 어서 가족들에게 하고 싶었다. 평생 처음으로 나는 일찍 일어나고 있었다! 아침이면 나는 7시를 기다렸다. 아침 7시가 되면 병원 원무과의 이마와 어린이병원 간호사들 같은 친구들이 내 병실로 와서 나와 함께 시간을 보내주었기 때문이다.

눈이 잘 보이게 되었을 때 그들은 DVD 플레이어와 DVD들을 가지고 왔다. 그전 며칠 동안 그들은 TV를 틀어 주었다. 나는 BBC를 잠깐 보았는데 미국 선거에 대한 내용이었다. 버락 오바마와 다른 사람이 후보였다. 채널을 돌리자 〈마스터 셰프〉가 방송되고 있었다. 파키스탄에서도 보던 프로그램이었지만 눈앞이 아직 흐릿할 때여서 잘 보이지 않았다. 나는 TV를 꺼 달라고 했고 다시는 TV를 틀어 달라는 부탁을 하지 않았었다.

아직도 가끔씩 이중으로 보이기는 하지만 이젠 시력이 훨씬 좋아졌다. 나는 〈슈팅 라이크 베컴〉, 〈하이스쿨 뮤지컬〉, 〈해나 몬태나〉, 〈슈렉〉 DVD 중에서 고를 수 있었고, 나는 〈슈렉〉을 선택했다. 너무나 재미있어서 후편까지 연이어 다 보았다.

간호사가 왼쪽 눈을 면으로 된 가리개로 덮어 주었다. 그러자 겹쳐 보이는 현상이 많이 좋아졌다. 한편 왼쪽 귀에서는 계속 피가 나왔고 머리도 계속 욱신거렸다. 하지만 나는 초록색 거인과 말하는 당나귀와 함께 시간을 보내며 부모님이 영국에 도착할 날을 기다렸다.

닷새째 되는 날, 목에서 가는 관을 제거했고 나는 목소리를 되찾았다. 그즈음 내 배에서 뭔가 이상한 게 만져지는 걸 느낄 수 있었다. 피부 바로 아래 딱딱한 덩어리 같은 것이 있었다.

"이게 뭐예요?"

내가 간호사에게 물었다.

"네 머리뼈 조각이란다."

간호사가 대답했다. 나는 잘못 들은 줄 알았다. 귀도 잘 들리지 않았고 어휘력도 이상하던 때였다. 내 머리뼈가 내 배 속에 있다고 말하는 거야?

피오나 박사가 와서 설명을 해 주었다. 총알이 관자놀이에 맞았을 때 뼈가 골절이 되면서 뼛조각들이 뇌 내벽으로 들어갔고, 그로 인한 쇼크 때문에 뇌가 부었다고 했다. 그래서 파키스탄에서 의사들이 뇌가 확장할 공간을 만들어 주기 위해 머리뼈 일부분을 제거했었고, 잘라 낸 뼈를 안전하게 보관하기 위해 내 배의 피부 아래에 넣은 것이었다.

다시 학교로 돌아가 생물 시간이 된 기분이었다. 나는 피오나 박사에게 묻고 싶은 것이 많았다. 나는 내 머리뼈를 구체적으로 어떻게 제거했는지 알고 싶었다. 톱으로 잘랐지, 피오나 박사가 대답했다. 그다음에는 어떻게 됐어요? 내가 물었다. 수술은 성공적이었지만 감염이 생겨서 상태가 나빠지기 시작했다. 신장과 간이 제 기능을 못하기 시작했고 곧 나는 사경을 헤맸다. 그래서 의사들은 혼수상태인 나를 비행기에 태워 더 나은 치료를 위해 영국으로 이동시킨 것이다.

"너는 개인비행기로 이곳에 왔단다."

피오나 박사가 말했다.

"개인비행기요? 어떻게 아세요?"

"나도 너와 같이 그 비행기를 타고 왔거든."

나중에 나는 아랍에미리트에서 의료장비와 의료팀이 완비된 비행기를 제공해 주었다는 이야기를 들었다.

당시 피오나 박사와 자비드 박사는 파키스탄에서 간 이식 프로그램에 대해 육군의 의사들에게 자문을 하고 있었다. 자비드 박사는 내 치료에 대한 조언을 부탁받고 피오나 박사와 동행했다. 마침 피오나 박사가 어린이 응급치료 전문의였기 때문이다. 페샤와르가 외국인들에게 위험한 지역이었기 때문에 피오나 박사는 좀 불안했었다고 인정했다. 그러나 내가 여성교육운동을 하는 아이라는 걸 알고는 기꺼이 그곳으로 갔다고 말했다.

피오나 박사와 자비드 박사는 파키스탄 의사들에게 더 좋은 시설을 갖춘 병원으로 나를 옮기지 않으면 내가 살기 힘들 것이라고 말했고, 파키스탄 의사들은 내가 그들과 떠날 수 있도록 조치를 취해 주었다. 피오나 박사와 자비드 박사는 거의 이 주 동안 내 곁을 지켰다. 그러니 내가 깨어났을 때 아주 오랫동안 알던 사람처럼 나를 대한 것이 하나도 이상할 것이 없었다.

피오나 박사는 다른 환자들, 나보다 더 아픈 어린이들을 돌보러 가야 했다. 그가 가기 전 나는 마지막으로 질문 하나를 더 했다.

"내가 얼마나 오래 혼수상태로 있었어요?"

"일주일."

나는 인생의 일주일을 잃었다. 그동안 나는 총에 맞았고, 수술을 했고, 거의 죽을 뻔하다 비행기를 타고 지구 반대편으로 왔다. 내가 생전 처음으로 파키스탄을 떠난 것이 내 생명을 구하기 위한 개인비행기 여행이었던 것이다.

세상은 계속 돌아가고 있었지만 나는 전혀 알지 못했다. 내가 놓치고 지나간 것이 또 뭐가 있는지 궁금했다.

28

이제 우리 모두 여기에

목에 꽂혀 있던 관이 제거되고 난 후 나는 다시 아버지와 통화를 했다. 이번에는 내가 실제로 말을 할 수 있었다. 아버지는 이틀 후면 내 곁으로 올 것이라고 말했다. 하지만 그 이틀에 이틀이 더 지났다.

자비드 박사가 파키스탄으로 세 번째 전화를 걸었다. 아버지는 가족 전부 곧 도착할 것이라고 약속했다. 하루만 더 기다리라고.

"제 책가방도 가져다주세요. 곧 시험기간이잖아요."

내가 부탁했다. 나는 머지않아 고향으로 돌아갈 거라고, 다시 일등을 차지하기 위해 친구들과 경쟁할 거라고 생각하고 있었다.

다음 날은 병원에 온 지 열흘이 되는 날이었고, 나는 중환자실에서 일반 병실로 옮겨졌다. 이번에는 창문이 있는 방이었다.

나는 버밍엄이 내가 TV에서 봤던 도시들과 비슷하리라 기대했었다. 뉴욕처럼 높은 빌딩과 많은 차들, 거리엔 양복을 입은 남자들, 그 남자들과 나란히 거리를 걷는 여자들. 그러나 창밖으로 보이는 것이라곤 오래된 찻주전자 색깔 같은, 비가 내려 잿빛이 된 하늘뿐이었다. 창문 아래 거리에는 집들이 있었다. 다 똑같이 생긴 깨끗한 집들이 차분하고 질서 있게 배열된 모습이었다. 나는 모든 집들이 다 똑같이 생긴 나라는 상상하지 못했었다. 태양이 없는 것 같은 나라도. 산은 어디 있지? 폭포는?

그날 오후 자비드 박사가 지금 부모님이 오고 있는 중이라고 말했다. 나는 그가 가족들이 도착하면 앉아서 인사할 수 있도록 침대를 조금 일으켜 세울 때까지도 그 말을 믿을 수가 없었다. 다녀오겠습니다, 외치면서 집을 달려 나와 학교로 향했던 그날로부터 열엿새 만이었다. 그동안 나는 네 군데 병원을 거쳤고(처음엔 밍고라, 다음은 페샤와르와 라왈핀디, 그리고 마침내 이곳 버밍엄) 수천 킬로미터를 이동했다. 나는 훌륭한 의사와 간호사들, 병원 직원들을 만났다. 그리고 나는 단 한 번도 울지 않았다. 간호사들이 머리에서 철심을 뽑았을 때도, 내 살에 주삿바늘을 꽂았을 때도, 불빛이 단검처럼 내 눈을 찔렀을 때도 나는 울지 않았다.

하지만 문이 열리고 낯익은 목소리가 자니, 피쇼, 하고 부르자, 그리고 그들이 내게로 달려와 나를 안아도 될까 겁을 내며 내 손에 입을 맞추자, 나는 그만 울음을 터뜨리고 말았다. 나는 울고, 울고, 또 울고, 한참을 울었다. 아, 참 많이도 울었다.

그리고 생전 처음으로 나는 내 말썽꾸러기 동생들이 너무나 반가웠다.

마침내 우리 가족은 우리 생에서 가장 무서웠던 시간들을 보내고 다시 한자리에 모였다.

우리는 한바탕 울다 울음을 멈춘 후 서로를 자세히 바라보았다. 나는 부모님이 너무나 늙고 피곤해 보여 깜짝 놀랐다. 파키스탄에서부터 긴 비행에 지친 탓도 있었겠지만 그것이 다는 아니었다. 흰머리와 주름이 보였다. 예전에도 있었던 것일까? 아니면 이렇게 큰 시련을 겪으며 갑자기 늙은 것일까?

부모님 역시 내 모습에 충격을 받았다. 숨기려 애썼지만 눈빛에 떠오른 걱정을 읽을 수 있었다. 그들은 내가 바스라지기라도 할 것처럼 조심스럽게 나를 만졌다. 왜 아니었겠는가. 나는 내 얼굴 절반이 제대로 움직이지 않는다는 사실을 알고 있었다. 부기는 가라앉았지만 왼쪽 눈은 여전히 불룩하게 튀어나와 있었고, 머리카락은 절반이 없는 상태였고, 입도 한쪽이 일그러져 있었다.

게다가 나는 목소리를 되찾은 것에 너무 기쁜 나머지 아직 내가 세 살짜리 아기처럼 간단한 문장밖에 구사하지 못한다는 것을 깨닫지 못하고 있었다. 아탈의 얼굴에서 놀란 표정을 읽고서야 내 말이 얼마나 이상하게 들리는지 알아차렸다.

나는 그들을 안심시키기 위해 미소를 지으려 애썼다. 걱정하지 말아요. 나는 그렇게 말하고 싶었다. 예전의 말랄라는 여전히 이 안에 있답니다.

그러나 내가 미소를 짓자 어머니 얼굴의 그늘이 더 짙어졌다. 나는 활짝 웃고 있다고 생각했지만 부모님이 본 것은 어색하게 일그러진 찌푸린 얼굴이었다.

"아바, 그 사람들 누구였어요?"

내가 물었다. 아버지는 내가 무엇을 묻는지 이해했다. 나는 내게 이런 짓을 한 사람이 누구인지 알고 싶었던 것이다.

"자니, 그런 질문은 하지 마라. 이제 다 괜찮다. 우리 모두 여기 함께 있잖니."

그리고 아버지는 내가 어떤지, 두통은 사라졌는지 물었다.

아버지가 화제를 돌리려 했고 나는 아버지의 뜻을 따랐다.

아버지는, 나의 자랑스러운 파슈툰 아버지는, 제정신이 아니었다. 마치 총을 맞은 사람처럼 행동했다. 아버지도 신체적인 고통을 겪고 있는 것만 같았다.

어느 날 나와 둘만 있게 되었을 때 아버지가 내 손을 잡았다.

"자니."

아버지가 말했다.

"할 수만 있다면 네게 생긴 모든 흉터를, 그 모든 고통의 순간들을 다 내가 대신하고 싶구나."

아버지 눈에 눈물이 가득했다.

"그들은 나를 죽이겠다고 수도 없이 협박했었다. 네가 내 총탄을 대신 맞은 거야. 내가 맞았어야 할 총탄을. ……살다 보면 기쁜 일도 있고 고통스러운 일도 있기 마련이야. 넌 모든 고통을 한꺼번에 겪었으니 나머지 네 인생은 기쁜 일로만 가득할 게다."

아버지는 더 이상 말을 잇지 못했다.

그러나 굳이 말로 표현하지 않아도 나는 아버지 역시 고통스러워하고 있다는 것을 느낄 수 있었다. 아버지는 우리가 하는 일의 대의가 갖고 있는 정당성을 단 한 번도 의심해 본 적이 없었지만, 바로 그 대의가 자신의 딸을 죽음의 벼랑 끝까지 몰고 갔다는 사실에 힘든 것이다.

때로 세상은 참 불공평하다. 여기 있는 나는 한때 카메라 앞에 서서 전 세계를 향해 이야기하던 아이였다. 그런데 이렇게 다치고 나니 이 세상에서 누구보다 사랑하는 한 사람을 위한 말 몇 마디조차 떠오르지 않았다.

"난 고통스럽지 않아요, 아바."

나는 그렇게 말하고 싶었다.

"아버지도 고통스러워하실 필요 없어요."

하지만 나는 일그러진 입으로 미소를 지으며 "아바."라고만 말하고 말았다. 아버지도 눈물이 그득한 눈으로 미소를 지어 주었다. 우리에게는 말이 필요 없었다. 우리는 이 병실로 오기까지 모든 여정의 한 걸음 한 걸음을 함께했기 때문이다. 그리고 앞으로도 모든 발걸음을 함께할 것이다.

조금 후 어머니도 병실로 왔다. 나는 막 한 걸음씩 걷기 시작한 단계였기에 화장실에 가려면 누군가의 도움이 필요했다. 어머니는 처음 재회한 날 후로 내 얼굴을 똑바로 쳐다보지 않으려 애쓰고 있었다. 그런데 나를 부축해 화장실로 가던 어머니가 거울에 비친 내 모습을 훔쳐보는 것이 보였다. 우리 눈이 잠시 마주쳤다. 어머니가 시선을 돌렸다. 그리고 낮은 목소리가 들렸다.

"네 얼굴, 괜찮아질까?"

나는 의사에게 들은 이야기를 어머니에게 들려주었다. 나는 앞으로도 수술을 여러 번 더 받아야 하고 물리치료도 몇 달 더 받아야 한다고. 그 과정에서 내 얼굴도 차츰 나아질 거라고. 하지만 결코 예전과 같아지진 않을 거라고.

어머니가 나를 다시 침대로 데려다 줄 때 나는 부모님을 보며 말했다.

"이것도 내 얼굴이에요. 그래서 나는 받아들이고 있어요. 그러니 이제 어머니 아버지도 받아들이세요."

나는 부모님에게 하고 싶은 얘기가 참 많았다. 나는 시간을 두고 서서히 내 얼굴에 익숙해졌지만 부모님에겐 충격이었을 것이다. 나는 내 얼굴이 어떻든 개의치 않는다는 말을 하고 싶었다. 몇 시간 동안 머리 모양을 이리저리 바꾸며 놀던 내가, 키가 작다고 야단법석을 떨던 내가 말이다! 나는 말하고 싶었다. 죽음의 문턱까지 다녀오면 생각이 바뀌기 마련이라고. 눈을 깜박일 수 없어도, 미소를 지을 수 없어도 그건 중요하지 않았다. 나는 여전히, 나, 말랄라였다.

"내 얼굴, 크게 중요하지 않아요. 신은 내게 새로운 인생을 주셨어요."

내 회복은 알라신이 내린 축복이었고, 나를 아끼고 나를 위해 기도해 준 모든 사람의 선물이었다. 내 마음은 평온했다. 하지만 내가 버밍엄에서 슈렉과 말하는 당나귀를 보고 있는 동안 우리 불쌍한 부모님은 수천 킬로미터 떨어진 곳에서 끔찍한 시련을 감내해야만 했었다. 내가 치유되고 있는 동안 그들은 고통을 당하고 있었다. 하지만 다시 모인 그날부터 우리 함께 치유를 시작했다.

29

기억의 빈 곳 채우기

며칠 동안 부모님은 내가 총을 맞았던 날로부터 우리가 다시 만난 열엿새 사이 무슨 일이 있었는지, 기억의 빈 곳을 채워 주었다.

내가 들은 이야기는 다음과 같다.

학교 버스 기사 우스만 바이 잔은 무슨 일이 일어났는지 깨닫자마자 곧장 버스를 스와트 중앙병원으로 몰았다. 버스 안의 아이들은 비명을 지르며 울었고, 나는 모니바의 무릎 위에 쓰러져 피를 흘리고 있었다.

아버지는 그때 사립학교연맹 회의에 참석 중이었고 연설을 위해 막 연단에 올라간 상황이었다. 연설을 마치고 소식을 들은 아버지는 황급히 병원으로 향했다. 아버지가 병원에 도착했을 때 나는 머리에 붕대를 감고 들것에 누워 있었다고 한다. 눈은 감은 채였고 머리카락은 마구 흐트러져 있었다.

"내 딸아, 너는 용감한 내 딸, 아름다운 내 딸이다."

아버지는 마치 그 말이 내 의식을 깨우기라도 할 것처럼 되풀이해서 하고 또 했다. 나는 비록 의식이 없었지만 어떤 식으로든 그때 아버지가 곁에 있다는 것을 알았던 것 같다.

의사는 아버지에게 총알이 뇌 가까이 가지 않았고, 따라서 심각한 부상이 아니라고 말했다. 곧 군에서 내 사건을 맡았고 오후 3시 30분경 나는 구급차를 타고 헬리콥터 이륙장으로 가고 있었다. 그곳에서 헬리콥터를 타고 페샤와르의 병원으로 이송될 예정이었다. 어머니를 기다릴 시간이 없었기 때문에 아버지 뒤를 이어 병원에 도착했던 마리암 선생님이 어머니를 대신해 동승했다. 내가 여성의 도움이 필요할 경우를 대비해서였다.

어머니는 처음에는 내가 발에 총을 맞았다고 들었다. 그다음엔 또 머리에 총을 맞았다고 들었다. 소식을 들은 이웃 사람들이 눈물을 흘리며 우리 집으로 모여들었다.

"울지들 말아요. 대신 기도를 해 줘요."

어머니가 말했다. 헬리콥터가 우리 집 위를 지나갔고, 그 소리에 어머니는 급히 옥상으로 올라갔다. 어머니는 머리 위로 지나가는 헬리콥터를 쳐다보며 스카프를 벗어(파슈툰 여인에게는 매우 보기 드문 행동이다.) 마치 하늘에 제물을 바치듯 두 손으로 높이

들어 올렸다.

"신이시여, 이 아이를 당신에게 맡기겠나이다."

불쌍한 아탈은 학교에서 돌아와 TV를 보다가 내가 총에 맞은 것을 알게 되었다. 그리고 자신이 꼬리 판에 올라타겠다고 떼를 쓰지 않았더라면 자신도 그 버스 안에 있었을 것임을 깨달았다.

총격이 있은 후 몇 시간 지나지 않아 파키스탄의 TV 채널들은 기도와 시와 함께 내 모습을 화면에 내보내기 시작했다. 그동안 나는 페샤와르의 통합국군병원에 도착했다. 그곳 신경외과의 주나이드 대령이 나를 검진했고 새로운 사실을 발견했다. 총알이 여전히 내 몸에 박혀 있었던 것이다. 그는 곧 아버지가 스와트의 의사들에게서 들은 이야기들이 틀렸다는 것도 확인했다. 사실은 총알이 뇌 아주 가까이까지 갔던 것이다.

그는 부모님에게 뇌가 부어오르고 있으며, 뇌가 확장될 공간을 만들기 위해 머리뼈 일부를 잘라내야 한다고 알렸다.

"지금 즉시 수술을 해야만 가망이 있습니다."

그의 상사들은 내가 즉시 해외로 이송되어야 한다는 이야기를 했지만, 주나이드 대령은 자신의 판단을 강력하게 주장했고 그 결정이 결국 내 목숨을 구했다.

어머니는 네 시간에 걸친 수술 내내 기도를 올렸다. 기도를 시작하는 순간 차분해지는 것을 느꼈다고 어머니는 말했다. 바로 그 순간 어머니는 내가 괜찮을 것이라 확신했다고 했다.

하지만 이틀이 지나면서 상태가 악화되었다. 내가 죽을 것이라 생각할 수밖에 없는 상황에서 아버지는 내 장례식 준비를 하기도 했었다. 아버지는 지난 일에 대해서는, 그러니까 내게 교육운동을 하고 연설을 하도록 격려했던 일이 잘못이었는지 아니었는지는 생각하지 않으려 애썼다.

마침 영국인 의사 두 명이 군병원 자문 역으로 인근 라왈핀디에 있었다. 피오나 박사와 자비드 박사, 그들이 다음으로 내 생명을 구한 이들이다.

피오나 박사와 자비드 박사는 내가 페샤와르에 계속 머물렀다면 뇌손상을 입었거나 죽었을 거라고 말했다. 그곳 치료 수준이 우려할 만한 정도였고, 그래서 감염 위험이 있다고 그들은 판단했다. 피오나 박사는 곧 버밍엄으로 돌아갈 계획이었지만 그곳에 남아 내가 라왈핀디에 있는 다른 국군병원으로 이송될 수 있도록 조치를 취했다.

이 새로운 국군병원은 혹시 있을지 모르는 탈레반의 공격에 대비해 철통같은 보안을 유지했다. 우리 가족은 병원 근처 숙소에서 바깥세상과 차단된 채 지냈다. 그 숙소에는 인터넷도 없었다. 그래서 우리 부모님은 내 이야기가 전 세계로 전해졌고 여러 나라에서 치료를 제안하며 나를 보내 달라고 연락한 것을 전혀 알지 못했다. 숙소의 친절한 요리사가 신문을 가지고 왔을 때야 부모님은 전 세계가 내 총격 사건에 대해 알고 있음을 알게 되었다.

내 상태가 아주 심각해졌을 때도 어떤 조치를 취해야 할지 부모님에게 의견을 묻는 경우는 없었다. 그럴 시간이 없었다. 모든 의사결정은 군에서 내렸다. 피오나 박사는 내가 해외로 나가 최고 수준의 치료를 받아야 한다고 주장했다. 결국 자비드 박사가 있는 버밍엄의 퀸엘리자베스 병원으로 나를 보내기로 결정이 되었다. 나는 48시간 내에, 아무리 늦어도 72시간 내에 이송되어야 했다. 어머니와 동생들은 여권도, 필요한 서류도 없었고, 군에서는 아버지 혼자라도 나와 함께 영국으로 갈 것을 권했다.

아버지는 매우 난처한 상황에 놓였다. 아버지가 나와 함께 간다면 아내와 어린 아들들을 탈레반의 공격을 당할 위험에 두고 떠나게 되는 것이다. 아버지는 어려운 결정을 할 수밖에 없었다.

"제 딸에게 일어난 일은, 이미 일어난 일입니다. 이제 말랄라는 신의 손에 맡겼습니다. 나는 나머지 가족을 지켜야 합니다."

아버지는 자비드 박사에게 말했다. 자비드 박사는 나를 잘 돌보겠다고 아버지를 안심시켰다.

"말랄라가 총에 맞았을 때 당신들 모두 이곳에 있었다는 것이 기적 아니겠습니까?"

아버지가 말했다.

"신께서는 해결책을 먼저 보낸 후 나중에 문제를 보낸다는 것이 제 믿음입니다."

자비드 박사가 말했다.

아버지는 피오나 박사가 영국까지 나의 법적 보호자가 되는 것을 허락한다는 서류에 서명을 했다. 내 여권을 건네는 아버지 눈에 눈물이 차올랐다.

나는 기억할 수 없지만 우리 부모님은 10월 14일 밤 11시에 내게 작별 인사를 했다고 한다. 그것이 파키스탄에서 마지막으로 나를 본 것이었고, 그 후로 열하루 동안 나를 볼 수 없었다. 아버지는 낯선 나라에서 내가 가족도 없이 깨어나는 것을 바라지 않았다. 내가 느낄 혼란스러움, 버려졌다는 좌절감을 느낄 것을 염려했지만 아버지는 가족들의 여권과 비자가 곧 준비될 것이고 가까운 시일 내에 나와 만날 수 있을 것이라 믿었다.

정부 관료 한 사람이 우리 가족들과 함께 영국으로 가기 위해 우리 가족의 출발을 지연시키고 있었다는 것을 아버지는 전혀 알지 못했다. 결코 끝나지 않을 것만 같은 기다림이었다.

페샤와르에서 지내던 처음 며칠, 두려움과 비탄 한가운데서 아버지가 어머니에게 물었다.

"내 잘못일까?"

"아뇨, 카이스타."

어머니가 대답했다.

"당신이 말랄라에게 도둑질을 하라거나 사람을 죽이라거나 범죄를 저지르라고 시킨 것이 아니잖아요. 당신과 말랄라는 훌륭한 일을 하고 있었어요. 그러니 당신 자신을 비난해서는 안 돼요. 부끄러움을 느껴야 하는 것은 탈레반이죠, 어린아이를 쏘다니. 그리고 정부도 마찬가지예요, 어린아이를 보호하지 못했으니까요."

그즈음 탈레반은 성명서를 내고 그들이 나를 쏜 것을 인정했다. 그들은 내 교육운동이 '세속적'이었기 때문이라고 말했다. 그들은 두 명의 스와트 지역 남자가 나와 나의 통학 길에 대한 정보를 수집했고, 국군 검문소 근처에서 나를 쏜 것은 그들이 어디서든 장소를 가리지 않고 공격을 감행할 수 있음을 보여 주기 위해서였다고 말했다. 머리에 총을 쏴서 살해하는 것은 그들의 전형적인 방식이었다.

그날 버스에서 함께 총을 맞은 샤지아와 카이나트도 역시 회복 중이었다. 카이나트는 총알이 팔을 스치고 지나갔고, 샤지아는 손바닥과 왼쪽 쇄골에 총을 맞았다. 두 발의 총알에 세 개의 상처였다.

내가 전혀 알지 못하고 지나간 사실이 너무나 많았다! 부모님은 내가 혼수상태였을 때, 내가 창문도 없는 병실에 있는 동안 일어났던 모든 일들을 마치 다른 사람에 관한 이야기를 하듯 들려주었다. 그래서 이 모든 일들이 내가 아닌 다른 소녀에게 일어났던 것처럼 느껴졌다. 어쩌면 내가 총에 맞은 일에 대해 아무것도 기억하지 못하기 때문일지도 모른다. 전혀 기억이 나지 않았다.

의사와 간호사들은 내가 공격당한 일을 기억하지 못하는 이유에 대해 복잡한 설명들을 해 주었다. 우리 뇌는 너무 괴로운 기억은 차단한다는 것이다. 또는, 내가 총을 맞는 순간 내 뇌가 정지되었기 때문이라고도 했다. 나는 과학을 좋아하고 무엇이든 그 원리를 알기 위해 질문하기를 좋아하지만, 내가 왜 그 총격을 기억하지 못하는지 알기 위해 굳이 과학을 동원할 필요는 없다. 나는 이미 답을 알고 있다. 신께서 내게 친절하시기 때문이다.

내가 그렇게 말하면 사람들은 이해하지 못한다. 죽음의 문턱까지 가 보지 않았다면 이해하기 힘들 거라고 생각한다. 하지만 나는 죽음 아주 가까이 다가갔었고, 죽음은 나를 원하는 것 같지 않았다.

나를 방문하려는 사람들이 많은 것 같았다. 기자들, 유명인들, 그리고 정치인들도. 하지만 병원에서는 내가 방해받지 않고 조용히 회복할 수 있도록 그들을 모두 돌려보냈다.

하루는 파키스탄에서 높은 장관 한 사람이 와서 아버지에게 나를 쏜 사람을 찾기 위해 전국을 다 뒤졌다고 말했다. 아버지는 그것이 빈말임을 알았지만, 참고 그렇게 말하지는 않았다. 정부는 베나지르 부토를 죽인 사람도 아직 찾아내지 못하고 있었다.

총격 사건이 있은 후 감옥에 갇힌 유일한 사람은 불쌍한 우리 버스 기사였다. 군에서는 버스 기사를 풀어 주지 않는 이유를, 총 쏜 사람을 찾으면 얼굴을 확인하기 위해서라고 말했다. 어떻게 총 쏜 사람이 아닌 우리 버스 기사를 체포할 수 있단 말인가?

정말 미친 짓이었다.

장관은 또 아버지에게 내가 '국민들에게 미소를 전할 수 있는지' 물었다. 내가 할 수 없는 단 한 가지가 바로 미소를 짓는 일임을 그는 몰랐다. 아버지는 불만스러웠지만 다시 한번 꾹 참았다. 아버지는 탈레반에게도 항의를 하는 대담한 사람이었지만 때로는 아무 말도 하지 않는 것이 더 낫다는 것을 알고 있었다.

드디어 TV 뉴스를 보게 된 나는 파즐울라의 대변인이 나를 '쏠 수밖에 없었던' 이유를 말했다는 것을 알게 되었다. 내가 탈레반을 비판하는 연설을 하고 다녔기 때문이다. 내게 경고를 했지만 내가 멈추지 않았다고 그들은 언론에서 말했다.

내가 저지른 또 다른 범죄는? 교육과 평화를 대변했다는 것이다. 그들 방식으로 말하자면, 내가 서구 교육을 찬양했고, 서구 교육은 이슬람 정신에 어긋난다는 것이다.

탈레반은 나를 죽이려는 시도를 멈추지 않을 것이라고 파즐울라가 말했다. "이 일이 교훈이 될 것이다."

교훈이긴 했다. 어머니가 인용한 코란 말씀이 정말 옳았다.

"거짓은 사라져야 하고 진실은 앞으로 나서야 한다."

몇 년 전 내가 BBC 웹 사이트에 글을 올리는 일을 의논했을 때 내게 해 준 말이다.

진실과 거짓이 맞서면 언제나 진실이 승리하기 마련이다. 이것이야말로 우리가 걸어온 길을 밝혀 준 이슬람교의 믿음이었다.

탈레반은 나를 침묵시키기 위해 나를 쏘았지만, 오히려 이제 전 세계가 내 메시지에 귀를 기울이게 되었다.

30

세계 곳곳에서 도착한 메시지

피오나 알렉산더가 카드가 가득 담긴 가방을 가지고 왔다. 그날은 이드 울아자, 즉 큰 이드였다. 파키스탄에 있을 때 우리 가족 모두 샹글라에 가던 그 축제의 날이었다. 그래서 나는 생각했다.

'참 친절도 하지. 이드라고 친구들이 내게 카드를 보냈구나. 그런데 내가 여기 있는 걸 어떻게 알았지?'

그때 나는 카드에 찍힌 소인 날짜를 보았다. 10월 16일, 10월 17일. 내가 총에 맞은 직후부터 며칠 전 날짜들까지 다양했다. 카드들은 이드 축제와는 아무 상관이 없었다. 전 세계에서 나의 쾌유를 비는 마음을 담아 보낸 카드들이었다. 어린이들이 보낸 카드도 많았다. 나는 그렇게 카드가 많이 온 것을 보고 매우 놀랐다.

"이건 일부에 불과해."

피오나가 내 앞으로 온 편지가 8000통이 넘는다고 말했다. 주소 대신 그저 '버밍엄 병원의 말랄라에게', 혹은 '버밍엄의, 머리에 총을 맞은 소녀에게'라고 쓴 것도 있었다.

소포도 있었다. 초콜릿 박스들이었다. 그리고 온갖 크기의 곰 인형들도 많았다. 그중에서 가장 귀한 선물은 베나지르 부토의 자녀들이 보내온 것이었다. 상자 안에는 평소 베나지르 부토 총리가 머리에 썼던 스카프 두 장이 들어 있었다.

정부 지도자, 외교관, 연예계 스타 들에게서 온 메시지도 있었다. 셀레나 고메즈가 트위터에 내 이야기를 썼고, 비욘세는 페이스북에 내 쾌유를 빌었다. 마돈나는 내게 노래를 헌정하기도 했다. 앤젤리나 졸리의 메시지까지 있었다. 너무나 신나는 일이었고, 엄청난 일이었으며, 아직 내 뇌가 제대로 기능을 하지 않아서인지 혼란스러운 일이기도 했다.

어떻게 앤젤리나 졸리가 나를 알지?

내가 창문 없는 병실에 있는 동안, 바깥에서 무슨 일이 일어나고 있는지 알지 못했던 그 나날 동안, 바깥세상은 오히려 내게 무슨 일이 일어났는지 아주 정확하게 알고 있었던 것이다. 피오나 말에 따르면 전 세계에서 200명이 넘는 기자들이 나를 보기 위해 병원으로 왔었다고 한다. BBC를 보려고 애쓰다 포기한 그 날을 제외하면 나는 이곳에 도착한 이후 전혀 뉴스를 보지 못했었다. 그런데 이제야 이해가 되었다. 내가 바로 뉴스였던 것이다.

사람들이 나를 위해 기도하고 있었다. 피오나 박사와 자비드 박사, 그리고 파키스탄과 영국의 모든 훌륭한 의사와 간호사가 나를 구한 것과 마찬가지로, 이 모든 사람들의 기도와 지지가 내 생명을 구한 것이다.

얼마나 아름다운 일인가. 병실에 혼자 누워 외로움을 느끼고 있는 동안, 가족 걱정을 하고 병원비 걱정을 하고 있는 동안, 온 세계에서 사람들은 나를 걱정하고 있었던 것이다! 나는 더 이상 외롭지 않았다.

어서 집으로 돌아가 모니바에게 앤젤리나 졸리 이야기를 들려주고 싶었다!

31

좋기도 하고 슬프기도 한 날

나는 총알에 절단된 안면신경을 복원하는 수술을 받았다. 거의 여덟 시간에 걸친 대수술이었다. 왼쪽 눈을 뜨고 감고, 왼쪽 눈썹을 올리고 내리고, 미소를 짓게 해 주던 바로 그 신경이었다. 빨리 손을 쓰지 않으면 내 얼굴이 영원히 마비될 것이라고 했다.

복잡한 수술이었다. 우선, 외이도에서 반흔조직과 뼛조각을 제거했다. 그러고 나자 고막이 망가진 것이 드러났다. 어쩐지 소리가 잘 안 들리더라니! 그다음 의사들은 손상된 신경 부분들을 제거하고 다시 연결하는 아주 섬세한 과정을 수행했다.

수술 후 내가 해야 할 일은 매일 거울 앞에서 표정 연습을 하는 것이었다. 그렇게 소소한 움직임이 그렇게 힘든 일인 줄 누가 알았겠는가? 넉 달이 지난 후에야 나는 비로소 미소를 짓고 윙

크도 할 수 있었다. 부모님은 내가 미소를 짓고 윙크를 할 그 순간을 기다리고 있었다. 물론 내 얼굴이지만 그 얼굴이 돌아온 것에 가장 기뻐할 사람은 부모님이리라 생각했다.

매일 나는 물리치료를 받았고 운동도 해야 했다. 그러면서 팔다리를 제대로 움직이는 법을 익혔다. 예전에는 아주 간단하고 당연했던 움직임에 아주 대단한 노력을 기울여야 했다. 처음 걷는 연습을 했을 땐 마치 깊은 눈 속을 헤치며 걸어가는 것처럼 지치고 힘들었다.

총격이 있은 지 거의 한 달쯤 되었을 즈음 우리 가족은 버밍엄의 한 고층 아파트에서 지내며 매일 나를 보러 왔었다. 생활이 정상으로 돌아가고 있는 것이 분명했다. 동생들이 다시 나를 아주 성가시게 굴고 있었으니까! 나는 부모님에게 사정하곤 했다.

"재들 좀 집에 두고 오세요! 와서 계속 시끄럽게만 하고 내가 받은 선물들도 다 뺏으려 하잖아요."

동생들은 나를 도자기 인형처럼 다루다가(고작 하루 정도였다.) 이젠 나를 놀리고, 들들 볶고, 대개는 나를 짜증 나게 하는 단계로 돌아와 있었다. 아탈이 말했다.

"왜들 누나 가지고 이렇게 요란을 떨어요? 살았으면 됐지."

나는 마침내 다시 읽을 수 있게 되었다. 나는 『오즈의 마법사』를 아주 열심히 읽었다. 영국의 전 총리이자 유엔 교육특사인 고든 브라운이 내게 준 선물이었다. 나는 도로시의 정신과 자세가 좋았다. 집으로 돌아가려 애쓰는 와중에도 걸음을 멈추고 도움이 필요한 소심한 사자와 녹슨 양철 나무꾼을 도와주었다. 내가 이 이야기에서 배운 것은, 삶에는 언제나 수많은 난관들이 있기 마련이지만 원하는 목표를 이루기 위해서는 계속 노력해야 한다는 것이다.

말과 기억도 다시 돌아오기 시작했다. 피오나 박사가 예전에 주었던 분홍색 공책에 내가 썼던 질문들을 보고 나는 깜짝 놀랐다. 대부분은 철자가 틀렸고 문법도 맞지 않았다. 아직도 몇몇 친구들 이름을 기억하지 못했고, 총격에 대해서는 아무런 기억이 없었다. 나는 내가 얼마나 좋아지고 있는지 모두에게 보여 주기 위해 노력했다.

나는 꾸준히 나아지고 있었고 기분도 매일 좋아졌다.

12월이 되었을 때 마침내 나는 두 달에 가까운 병원 생활에서 처음으로 외출을 허락받았다. 고향 스와트 계곡의 푸른 산을 그리워하는 나를 위해 원무과 직원인 이마가 버밍엄 식물원에 다녀올 수 있도록 도와주었다. 나는 어머니와 간호사 두 사람과 동행했고, 아버지는 TV에 워낙 자주 나와 사람들이 얼굴을 알아보았기 때문에 혹시나 카메라의 관심을 끌까 봐 함께 가지 않았다. 식물원으로 가는 길에 나는 차 뒷좌석에서 고개를 이리저리 돌리며 낯설고 새로운 이 나라의 모든 것을 살펴보았다.

나는 병원 밖 날씨가 어떤지 모르고 있었다. 햇빛이 환하게 비치고 있기를 바랐지만 나를 맞은 것은 거센 바람과 차갑고 메마른 공기였다. 재킷과 스카프도 추위를 막아 주지 못했다.

하지만 그곳의 식물들! 아름다웠다. 낯선 것도 있었고 낯익은 것도 있었다. 내가 간호사에게 말했다.

"이건 우리 계곡에도 있어요. 이것도요!"

나는 외출한 것이 너무나 기뻐 시간이 좀 흐른 뒤에야 식물원에 있는 다른 모든 사람들에겐 이것이 그저 평범한 외출이라는 사실을 깨달았다.

어머니도 몹시 즐거워하며 아버지에게 전화를 걸었다.

"오랜만에 행복을 느끼고 있어요."

어머니가 말했다.

이틀 후 나는 처음으로 가족이 아닌 방문객을 만났다. 파키스탄의 대통령이자 베나지르 부토 총리의 남편이었던 아시프 자르다리였다. 병원은 언론이 몰려들 것 때문에 염려를 많이 했지만 중요한 손님이었다. 자르다리 대통령이 나의 모든 의료 비용을 파키스탄 정부에서 부담하겠다고 약속했기 때문이다.

모든 것은 언론을 피해 이루어졌다. 나는 커다란 보라색 파카로 몸을 감싸고 직원 전용 출구로 몰래 빠져나와 차를 타고서 구름처럼 몰려 있던 기자와 사진기자들 바로 옆을 지나갔다. 아무도 눈치채지 못했다. 스파이 영화에 나오는 한 장면 같았다.

우리는 사무실 같은 곳으로 안내되었다. 대통령을 기다리며 나는 아탈, 쿠샬과 함께 엘프 볼링이라는 컴퓨터 게임을 했다. 처음으로 하는 게임이었지만 나는 동생들을 이겼다! 예전의 말랄라로 돌아왔다는 또 하나의 증거였다.

대통령은 딸 아시파와 함께 왔다. 그들은 내게 꽃다발을 주었고, 아시파는 내게 전통적인 카슈미르 숄을 선물했다. 대통령은 내 머리에 한 손을 올렸다. 우리나라에서 그것은 존경의 표현이었다. 아버지는 대통령이 머리뼈가 없는 부분을 만지지나 않을까 해서 좀 움찔했지만 괜찮았다.

대통령은 아버지가 버밍엄에서 일할 수 있는 자리를 마련했다고 말했다. 파키스탄의 교육 담당관 일을 하게 될 거라 했다. 그리고 모든 것이 다 괜찮을 것이니 나는 아무 걱정 하지 말고 건강을 회복하는 일에 집중해 달라고 했다.

그는 후에 내가 '놀라운 소녀이며 파키스탄의 자랑'이라고 말했다고 한다. 한 나라를 이끄는 지도자가 내가 아주 중요한 사람인 것처럼 나를 존중해 주었다!

아주 근사한 하루였다. 병원비며 우리 가족이 머물 곳에 대한 걱정 모두가 사라졌다.

아, 그러나 슬픈 날이기도 했다. 우리가 오랫동안 고향으로 돌아가지 못하리라는 것이 분명해진 것이다.

32

기적

마침내 나는 퇴원을 했고 행복하게 2013년을 시작했다. 가족들과 함께 집에서 지내는 일이 참 좋았다. 비록 밍고라의 우리 집이 아니라 엘리베이터가 있는 고층 아파트였지만. 우리의 그 소박한 옛집으로 돌아갈 수만 있다면 나는 무엇이라도 다 줄 수 있을 것 같았다. 그곳에서 담장을 두드려 사피나를 불러 놀고 싶었고 심지어 쓰레기장에도 가 보고 싶었다. 그러나 정말 중요한 것은 우리 가족이 마침내 다시 한자리에 모였다는 것이다.

우리는 버밍엄의 상쾌한 공기 속으로 산책을 나갔다. 내 기운을 회복하기 위한 외출이었지만 나는 금방 피곤해졌다. 병원에서의 생활은 이 많은 사람들과 여기저기를 내달리는 차들과 버스들에 비하면 평온한 것이었다. 게다가 나는 아직 제대로 들을 수 없었기 때문에 무슨 일이 일어나는지 끊임없이 이리저리 돌아보아야 했다. 식품점에 다녀오는 아주 단순한 일조차 내겐 무리한 일이었다. 무리한 일이었지만, 동시에 환상적인 일이었다.

카페에서는 남자와 여자들이 함께 섞여 앉아 이야기를 나누고 있었다. 스와트에서라면 상상도 못할 일이었다. 옷가게에는 살갗을 너무 많이 드러내는 옷들이 많았다. 우리는 버밍엄 여자들이 그런 옷을 입고도 추위에 얼어붙지 않는 것을 신기해했다. 이곳 여자들은 한겨울에도 아주 짧은 반바지를 입고 맨살의 다리를 내놓고 하이힐을 신고 다녔다.

"저 여자들 다리는 강철로 만들어져서 추위를 못 느끼나?"

어머니는 말했다.

우리가 외출을 시작하던 초기에 나는 앞에서 다가오는 남자가 보이면 움찔하곤 했다. 상상력이 걷잡을 수 없이 질러 나갈 때면 거리의 모든 남자들이 다 총을 숨기고서 나를 공격하기 위해 준비하고 있는 것만 같았다. 나는 이런 이야기를 부모님에게는 하지 않았다. 적어도 부모님은 아무 걱정 없이 쌀쌀한 버밍엄 경치를 즐기게 하고 싶었다.

나는 고향이 지독하게 그리웠다. 학교 친구들이 그리웠고, 산과 폭포, 아름다운 스와트 강과 초록의 평야가 그리웠다. 심지어 지저분하고 번잡스러운 밍고라의 거리도 그리웠다. 그랬기에 파키스탄 사람들 중에 내게 비판적인 이들이 있다는 이야기를 들었을 때 몹시 힘들었다. 어떤 사람들은 내가 서구의 앞잡이이며, 리처드 홀브룩과 '어울려 다녔다'고 말한다는 것이다. 내가 타락한 이슬람교도라고 했고, 심지어 우리가 해외에서 호화롭게 살고 싶어 아버지가 계책을 부려 나를 쏘았다고도 했다.

그리고 나는 마침내 스카이프로 모니바와 이야기를 나눌 수 있었다. 이번에는 싸우지 않았다. 모니바는 내가 몹시 보고 싶다고, 다른 어떤 아이도 나를 대신할 수 없다고 말했다. 또 모니바는 샤지아와 카이나트가 회복되어 다시 학교에 나오고 있다는 이야기도 들려주었다. 그리고 교실에 아직도 내 자리가 그대로 있다는 이야기도.

"아, 참. 너 역사 시험에서 만점 받았어."

모니바가 말했다. 총을 맞던 날 아침에 봤던 시험이다. 그건 좋은 소식이었다. 나쁜 소식도 있었다. 내가 나머지 과목 시험을 보지 않았기 때문에 나의 옛 경쟁자인 말카 에 누르가 일등을 한 것이다. 내가 없으니 당연히 그 아이가 일등을 하지 않겠는가.

나는 학교 공부에서 뒤처지고 있다! 참으로 아이러니한 일 아닌가. 여성교육운동을 하던 아이가 일등을 놓치다니. 다시 교실의 내 자리로 돌아간다면 일등을 되찾기 위해서 평소보다 두 배는 더 노력해야 할 것이다.

곧 나는 걸을 수 있었고, 말할 수 있었고, 읽을 수 있었고, 기억도 돌아왔다. 그러나 나는 잘 들을 수가 없었다. 귀 안에서 울림이 계속되었다. 의사들은 내 배 속에 보관하고 있던 머리뼈 조각을 다시 제자리에 넣을 경우 감염이 생길 것도 염려하고 있었다.

그래서 또 수술이 결정되었고, 세 가지 수술이 한꺼번에 이루어졌다. 이번에 의사들이 집도한 수술은 티타늄 두개성형술이었다. 내 머리에 티타늄 판을 넣는다는 것을 의학적으로 표현한 말이다. 나는 혹시 내가 『오즈의 마법사』에 나오는 양철 나무꾼처럼 되는 것은 아닐까, 내 머리를 두드리면 탕탕, 하고 울리는 소리가 나는 건 아닐까 궁금했다. 그리고 지난번에 내 얼굴 신경을 복원했던 의사가 이번에는 귀 뒤에 인공달팽이관이라고 불리는 작은 전자 음향 전송기를 심었다. 의사는 나중에 귀 바깥에 수신기를 끼울 것이라고 말했다. 머리뼈 조각도 배 속에서 제거되었다.

큰 수술이었지만 나는 빠르게 회복했고 닷새 만에 집에 돌아왔다. 나중에 나는 정말 특별한 선물을 받았다. 비닐에 싼 내 머리뼈였다. 나는 그것을 내 방에 두고 손님들이 오면 보여 주곤 한다.

몇 주 후, 귀 뒤에 수신기를 꽂자 아주 작은 삐, 소리를 들을 수 있었다. 그리고 또 한 번 삐, 소리가 들렸다. 그러고 나서 의사의 목소리가 들렸다. 처음엔 사람들의 목소리가 모두 로봇 소리처럼 들렸지만 청각은 곧 점점 좋아졌다.

신은 참으로 위대하다! 신은 내게 눈을 주어 세상의 아름다움을 볼 수 있게 했고, 두 손을 주어 그것을 만지게 했고, 코를 주어 그 모든 향기를 맡을 수 있게 했으며, 마음을 주어 그 모든 것에 감사하게 했다. 하지만 우리는 우리의 감각이 얼마나 기적과도 같은 것인지 그 감각 하나를 잃은 후에야 깨닫게 된다.

청력이 돌아온 것은 정말 기적이었다.

탈레반은 학교 버스에 타고 있던 여학생 세 명에게 근거리에서 총탄 세 발을 발사했지만, 우리 셋 중 누구도 죽이지 못했다.

한 사람이 나를 침묵시키려 했다. 그러자 수백만의 사람이 일어나 이야기를 했다.

그것 역시 기적이었다.

33

이 새로운 곳

우리는 버밍엄에 정착했다. 우리는 이제 병실 창밖으로 내다보이던 그 가로수가 늘어선 거리의 단정한 벽돌집에서 살고 있다. 아름다운 집이었다. 잘 정돈되어 있었고, 평온했고, 조용했다. 너무 조용했다. 골목에서 크리켓을 하며 노는 아이들 소리가 들려오지 않았다. 사랑방에는 정치 이야기로 언쟁하는 남자들도 없었다. 뒤편 베란다에 모여 앉아 수다를 떠는 여인네들도 없었다. 스와트에서는 늘 '모든 친구들의 친구'였던 우리 아버지였는데, 이곳에서는 손님은 많았지만 진짜 친구는 거의 없었다. 다른 식구들과는 달리 영어를 할 줄 모르는 어머니는 당혹스러움 속에서 상점들을 다니며 낯선 음식들을 살펴보곤 했다. 쿠샬은 많은 시간을 자기 방에서 혼자 지냈다. 분명 예전 생활로 돌아갔으면 좋겠다고 기도하고 있을 것이다. 언젠가 우리 중에서 가장 성격이 밝고 쾌활한 아탈이 함께 놀 친구가 없다고 우는 것을 보았다. 우리 집은 옆집과 불과 몇 미터 거리였지만 몇 킬로미터나 떨어져 있는 것 같았다. 우리는 동네 사람들을 거의 보지 못했다.

우리가 밖으로 나가면 사람들이 다가와 나와 사진을 찍어도 괜찮겠냐고 묻곤 했다. 나는 괜찮았다. 내게 가까이 오는 그들이 내게 격려가 필요했을 때 격려를 보낸 사람들이고 내가 계속 앞으로 나갈 용기가 필요했을 때 그 용기를 준 사람들이란 것을 알기 때문이다. 그렇게 많이 알려졌음에도 동시에 그렇게 외로울 수 있다는 것이 이상했다.

한편 우리는 조금씩 이 새로운 곳에 적응해 나갔다. 아버지는 직장에 출근할 때 멋진 트위드 재킷을 입고 가죽구두를 신었다. 어머니는 식기세척기를 사용했다. 쿠샬은 엑스박스와 사랑에 빠졌고, 아탈은 초콜릿 스프레드인 누텔라를 알게 되었다.

나는 지금도 병원에 가서 규칙적으로 물리치료를 받으며 얼굴 근육 움직이는 법을 배우고 있다. 그리고 더 많은 수술을 받아야 한다는 이야기도 들었다. 하지만 그 수술들에 대해선 생각지 않으려 애쓰고 있다.

어느 날 밤 우리 가족은 버밍엄 시내로 산책을 갔다. 나는 이 도시의 다양한 사람들에 감탄하고 있었다. 모두가 다 똑같아 보이는 밍고라와는 달리 이곳에는 온갖 사람들이 있었다. 축구 유니폼을 입은 주근깨투성이 소년들, 길게 머리를 땋은 흑인 여자들, 양복을 입은 남자들, 비즈니스 정장을 입은 여자들, 부르카를 입은 보수적인 이슬람교 여자들과 청바지 차림에 머리에 스카프를 쓴 젊은 이슬람교 여자들. 갑자기 우리 뒤에서 젊은 청년이 아버지를 불렀다.

돌아보니 그 청년은 옷은 서양식으로 입고 있었지만 파슈툰의 검은 피부와 이목구비를 하고 있었다.

"선생님."

그가 아버지에게 말했다.

"저도 같은 부족 사람입니다. 선생님이 누구신지 압니다."

아버지가 고향 사람을 만난 것을 반가워하며 손을 내밀었다.

그가 나를 가리켰다.

"선생님, 우리 모두 선생님 따님을 걱정하며 울었고, 또 함께 기도했습니다. 하지만 지금 이러시면 안전하지 않습니다."

아버지가 당황한 표정이 되었다.

"이렇게 밤늦게 다니시면 안 됩니다. 이 도시는 밤이 되면 위험할 수 있습니다."

아버지와 나는 서로를 바라본 후 어머니에게 그 사람이 한 말을 전했다. 그 청년은 우리의 태연한 반응에 어리둥절해했다. 아버지가 그를 안으며 감사의 인사를 했다. 우리로선 설명하기 힘들었다. 이 조용하고 질서정연한 곳이 어떻게 우리가 살다 온 곳에 비해 안전하지 않을 수 있단 말인가?

여기서 내가 다니는 학교는 영국식 교복을 입는다. 초록색 스웨터와 버튼다운칼라 줄무늬 셔츠, 파란색 스커트, 그리고 스타킹 차림이다. 다른 여학생들은 대부분 스커트를 짧게 입지만 나는 발목까지 내려오게 입고 머리에 스카프도 쓴다. 다행히 이슬람교 여학생들이 몇 명 있어 그 아이들도 그렇게 입고 다니기에 나 혼자 너무 튀거나 하지는 않는다. 어떤 아이들은 학교에 도착하자마자 스커트를 말아 올려 더 짧게 입었다가 집에 가기 직전에 다시 내리기도 한다. 그런 모습들을 보며 나는 생각한다.

'참 재미있는 나라다. 어떤 여자아이들은 자유롭게 몸을 가리고, 어떤 아이들은 자유롭게 몸을 드러낸다.'

이곳 학교에는 프로젝터와 컴퓨터가 있고, 비디오와 와이파이가 있다. 음악, 미술, 컴퓨터 시간도 있고 심지어 요리 시간도 있다.(나는 요리 시간이 싫다.) 선생님과 칠판뿐이던 파키스탄 학교에서 온 내게는 좀 충격적이었다. 때로는 고향으로 돌아가 컴퓨터가 없는 소박한 교실에 있고 싶다는 생각을 하곤 했다. 그러나 내 옛 친구들이 이런 근사한 테크놀로지와 이런 특별한 과목의 수업들을 보면 얼마나 좋아할까 하는 생각도 들었다. 그래서 가끔 나는 이곳 학생들이 누리는 이런 훌륭한 것들을 나의 옛 친구들은 가지지 못했다는 것이 슬프게 느껴지기도 한다. 그리고 그 친구들은 내가 가지지 못한 것을 가지고 있다는 사실도 슬프게 느껴졌다. 지금 그들에겐 서로가 곁에 있지 않은가.

나와 새 친구들 사이에는 뭔가 간극이 있었다. 아이들이 농담을 할 때 나는 전혀 알아듣지 못하는 경우가 있었다. 때로는 내 농담을 다른 아이들이 알아듣지 못하는 경우도 있었다. 서로에 대한 태도나 행동도 파키스탄 아이들에 비하면 상당히 자유로웠다. 나도 아이들 사이에 끼고 싶었고, 재미있게 지내고 싶었지만 어떻게 해야 할지 알 수 없었다. 나는 너무 건방져서도 안 되었다. 모두 내가 착할 거라 기대하고 있었다.

나는 착한 아이이고, 늘 그래 왔다. 하지만 요즘 나는 나 자신에게 말한다. 아주, 아주 착해야 한다고. 그래서 나는 내가 하는 말과 행동에 세심한 주의를 기울인다. 이런 식으로 나 자신을 제약하라는 말을 하는 사람은 아무도 없다. 이곳 선생님들은 늘 내게 자유롭게 행동하라고, 편안하게 지내라고 격려해 준다. 하지만 나는 정말로 내 또래 다른 여자아이들처럼은 자유로울 수 없다. 세상이 나를 바라보는 눈이 있기 때문이다. 사회에서 공적인 역할을 하고 있고, 많은 사람들이 내게 어떤 기대를 품고 있다면, 나는 항상 그 기대에 부응하도록 행동해야 한다고 생각한다.

내 생활은 몹시 바빠졌다. 책을 쓰고 다큐멘터리의 주인공이 되고, 연설을 하고, 여러 사람들을 만나고, 미디어 캠페인을 하며 인도주의적 일에도 참여하고 있다. 나는 너무나도 많은 흥미로운 일을 하고 흥미로운 곳을 방문하지만, 그렇게 많은 여행을 하면서 학교 공부를 따라가고 시험을 치는 일이 쉽지가 않다. 나도 사람이기에 때로는 지친다. 어떨 때는 그냥 소파에 앉아 〈마인드 유어 랭귀지〉를 보거나 스카이프로 친구들과 이야기를 하고 싶다. 하지만 나는 내가 하고 있는 일을 매우 진지하게 생각한다, 항상.

나는 아직 여기서 모니바처럼 절친한 친구는 사귀지 못했다. 말카 에 누르같이 경쟁하는 친구도 없다. 하지만 이곳 학교의 친구들은 내게 매우 친절하며 나도 새 친구들을 사귀기 시작했다. 친구들은 나를 볼링이나 영화, 생일파티에 초대해 준다. 예쁘고 사랑스러운 아이들이고, 친절하고 재미도 있다. 하지만 고향에서와 같을 수는 없다. 고향에서 나는 그냥 말랄라였다. 여기서 나는, 적어도 처음에는, '말랄라, 탈레반의 총을 맞은 소녀'였던 것이다. 나는 다시 그냥 말랄라가, 평범한 한 소녀가 되고 싶다.

처음에 나는 내가 이 아이들과 과연 친구가 될 수 있을까 생각했었다. 나는 그들이 상상조차 할 수 없는 일들을 보았고 경험했기 때문이다. 그러나 시간이 지나면서 그들에겐 내가 상상할 수 없는 경험이 있음을 깨닫게 되었다. 내가 알게 된 사실은 우리에겐 다른 점보다는 공통점이 더 많다는 것이고, 매일 서로에게서 새로운 것을 배운다는 것이다. 그리고 매일 나는 조금씩 예전의 평범한 말랄라, 교실 안의 그냥 한 소녀가 되어 가고 있음을 느낀다.

그래도 학교에서의 하루가 끝나고 모두 학교 버스를 타기 위해 줄을 설 때면 나는 잠시 쿠샬 학교에서의 마지막 날 그 시끌벅적한 순간을 떠올린다. 우리가 학교 건물에서 뛰어나와 버스로 향하던 순간을, 버스를 타고 덜컹거리며 그 복잡하게 붐비던 밍고라의 거리를 달리던 순간을.

34

우리 모두가 아는 한 가지

이 새로운 세계에서도 몇 가지는 여전히 똑같다. 첫 번째는 내가 아직도 쿠샬과 싸운다는 것이다. 아니, 쿠샬이 내게 싸움을 걸고 내가 싸움을 받아 준다. 우리는 학교에 갈 때 누가 앞자리에 앉을지를 두고 다툰다. 우리는 라디오에서 어떤 채널을 들을지를 두고 다툰다. 쿠샬은 내 코가 크다고 놀린다. 나는 쿠샬이 뚱뚱하다고 놀린다. 쿠샬은 차가 학교 앞에 멈추면 나를 한 대 때리려 한다. 그러면 나는 쿠샬이 내리려 할 때 문을 잠가 버린다. 언론의 자유와 인권을 옹호하는 내가 동생과 있을 때는 독재자로 변한다!

두 번째는 내가 모니바와 여전히 예전처럼 별것 아닌 일로 말다툼을 한다는 것이다. 우리는 스카이프를 아주 자주 하는데 늘 같은 식으로 이야기를 시작한다.

모니바가 말한다.

"아, 말랄라. 넌 날 아주 잊어버렸지."

그럼 내가 말한다.

"모니바, 날 생각지도 않고 있었던 사람은 오히려 너야."

그렇게 주고받은 후에야 우리는 서로에게 재미있는 이야기들을 들려주기 시작한다.

고향에 있는 모니바나 옛 친구들과 이야기를 하면 더더욱 고향이 그립다. 계곡에서 피어오르는 나무 타는 연기를 맡을 수 있을 것 같고, 하지바바 거리에서 울리는 자동차 경적 소리가 들리는 것만 같다. 나는 다른 여러 곳을 방문하고 보아 왔지만 나의 스와트는 내게 세상에서 가장 아름다운 곳으로 남아 있다. 언젠가는 파키스탄으로 돌아가겠지만 내가 집으로 가고 싶다는 말을 할 때마다 아버지는 핑계를 찾는다.

"아직은 아니다, 자니. 치료가 다 끝나지 않았다." 또는, "여기 학교들이 아주 훌륭하단다. 여기에서 네가 받을 수 있는 교육을 모두 받는 것이 좋겠다."

아버지는 우리 모두가 알고 있는 한 가지를 결코 말하지 않는다. 우리가 집으로 돌아가려면 아주 오랜 시간이 지나야 한다는 것을.

집으로 돌아가는 일, 우리는 그 이야기는 하지 않는다. 파즐울라가 스와트 탈레반의 우두머리에서 파키스탄 전체 탈레반의 우두머리가 된 지금은 더더욱 그렇다.

나는 동생들에게 이 새로운 생활이 힘들 때가 있다는 것을 안다. 갑자기 거대한 바람이 불어와 파키스탄에서 자기들을 집어삼킨 후 지구를 반 바퀴 돌아 이 낯선 땅에 토해 놓았다는 느낌이 들 것이다.

아탈은 나를 둘러싼 그 모든 미디어의 호들갑을 이해하지 못한다.

"왜 말랄라 누나가 유명한지 모르겠어요. 누나가 무슨 일을 했는데요?"

세상에선 내가 말랄라, 인권을 위해 싸운 소녀일지 모르겠지만, 내 동생들에겐 그저 오랜 시간 함께 살고 함께 다툰 누나일 뿐이다.

어머니는 나를 맏이가 아닌 아기처럼 대할 때가 있다. 어머니는 때로 나를 과보호했고, 어떨 때는 불쑥 내게로 와 나를 안고 울곤 했다. 나를 거의 잃을 뻔한 어머니의 심정은 잘 알고 있다. 종종 어머니는 머리에 숄을 쓰고 집 뒤편 정원으로 나가 걷는다. 어머니는 창가에 남은 음식을 두어 새들을 먹이기도 했다. 예전에 고향에서 하던 습관이다. 어머니는 아침이면 학교 가기 전 우리 집에 들러 아침을 먹곤 하던 배고픈 아이들을 생각하고 있다는 것을, 지금 그 아이들을 먹이는 사람이 있을까 염려하고 있다는 것을 나는 잘 안다.

때로는 아버지도 울곤 한다. 내가 총을 맞고 난 후 처음 며칠을, 내가 생과 사를 오가던 그 순간들을 떠올리며 눈물을 흘린다. 아버지는 총격 그 자체의 기억만으로도 눈물을 흘린다. 아버지는 낮잠에서 깨어나 마당에서 들려오는 자식들의 목소리에 안도하며, 내가 살아 있다는 것을 확인하며 다시 한번 운다.

나는 자주 화를 내지는 않지만 사람들이 내게 일어난 일에 대한 책임이 아버지에게 있다고 말할 때면 화가 난다. 어떤 사람들은 마치 아버지가 나를 억지로 사람들 앞에 세워 이야기를 하도록 시킨 것처럼, 마치 내가 생각이 따로 없는 아이인 것처럼 말한다. 그들이 지금의 아버지를 볼 수만 있다면. 아버지는 자신이 거의 이십 년 가까이 일해 온 모든 것들을 두고 떠나야 했다. 빈손으로 시작해 일군 학교, 이제 세 개의 건물과 1100명의 학생이 있는 그 학교를 두고 온 것이다. 아침이면 교문에 서서 등교하는 학생들에게 인사하는 일을 세상 그 무엇보다 사랑하던 아버지였다. 쿠샬 학교는 지금도 그 자리에 있고, 그 교문으로 매일 학생들도 지나다니지만 아버지는 그 모습을 볼 수 없다.

대신 아버지는 여성 교육에 대한 콘퍼런스에 참석해 스와트에서 했던 것처럼 평화를 위해 연설하고 있다. 예전과는 달리 사람들이 나 때문에 아버지 이야기를 듣고 싶어 한다는 것이 아버지에겐 좀 낯선 일일 것이다. 아버지는 말한다.

"말랄라는 예전에 제 딸로 불리었습니다. 그런데 이젠 제가 말랄라의 아버지로 불린다는 것이 자랑스럽습니다."

우리가 파키스탄으로 돌아가는 것은 안전하지 않다고 한다. 그것은 사실이다. 그런데 고향이 무척 그립던 어느 날 우리는 파키스탄을 우리에게 데려올 수 있다는 것을 깨달았다. 친구와 친지들이 우리를 방문하러 왔다. 샤지아와 카이나트 둘 다 고등학교를 다니기 위해 영국으로 왔고, 방학과 휴일에는 우리 집에 와서 지내게 된 것이다.

어머니는 손님으로 집 안이 북적대고 식탁에 의자들이 늘어가자 훨씬 행복해했다. 그리고 더 행복해지기 위해 새로운 것을 시도해 보려는 의지도 더 커졌다. 어머니는 다시 영어를 배우기 시작했다. 숄로 얼굴을 가리지 않고 밖으로 나가기 시작했고, 사진 찍히는 일도 허락했다.

한편 아버지는 집에서 새로운 일을 하기 시작했다. 최근 내가 아버지를 놀린 일이 있었다. 아버지와 내가 여성 인권에 대해 연설을 하러 다니는 동안 정작 집에서는 어머니 혼자 요리와 청소를 다 하고 있다고. 이제 아버지도 아침마다 식사를 준비한다. 늘 같은 메뉴다. 달걀 프라이. 아버지의 요리는 사랑으로 가득하지만 그다지 맛이 있지는 않다.

아버지는 과거에도 용감한 일들을 시도한 적이 있었다. 수중에 동전 한 닢 없이 학교를 세웠고, 여성 인권과 여성 교육을 위해 앞장섰고, 탈레반에 항거했다.

이제 나의 용감하고 자부심 강한 파슈툰 아버지는 냄비와 팬을 든다!

35

기념일

총격이 있은 지 일 년이 되어 가자 많은 기자들이 나를 인터뷰하기 위해 찾아왔다. 그들은 내게 있었던 일을 몹시 유감스럽게 생각하는 것 같았다. 그들은 이렇게 말하곤 했다. "너와 네 가족들은 고국을 떠나야 했고, 넌 두려움 속에서 살아야 하는구나. 넌 이미 너무 많은 시련을 겪었는데 말이다."

실제로 그 일을 경험한 것은 나 자신이지만 나는 정작 그들만큼 유감스럽게 생각하지 않는다. 나는 내 상황을 달리 보고 있다. '말랄라, 넌 다시는 고향으로 돌아갈 수 없어. 탈레반에게 공격을 받을 테니까.' 이렇게 생각하면 계속 고통 속에 살아야 한다. 하지만 나는 이런 식으로 생각한다.

나는 볼 수 있다! 나는 들을 수 있다! 나는 말할 수 있다! 나는 학교에 다닐 수 있고, 동생들과 싸울 수 있다! 내 인생에 두 번째 기회가 주어진 것이다. 그리고 나는 신이 내게 바라는 삶을 살아가고 있다.

기자들은 또 내게 두렵지 않느냐고 물었다.

나는 두렵지 않다고 대답했다. 그리고 그건 사실이다. 하지만 내가 얘기하지 않은 것, 한 가지 두려운 게 있다. 나는 내가 미래에도 여전히 같은 말랄라로 남아 있을지 걱정된다. 나는 과연 훗날 내가 받은 이 모든 명예에 합당한 사람이 되어 있을까?

때로 기자들은 동생들이 편안하게 놀고 있는 모습을 보며 내가 어린이 인권운동을 하느라 정작 내 어린 시절을 빼앗긴 것은 아니냐고 묻기도 한다.

그럼 나는 기자들에게 열한 살에 결혼을 해야 하는 소녀들을 생각해 보라고 말한다. 아니면 가족을 부양하기 위해 쓰레기 더미를 뒤지는 어린 소년들을, 혹은 폭탄과 총탄에 희생된 어린이들을 생각해 보라고. 그들이야말로 어린 시절을 빼앗긴 아이들이라고.

그리고 때로는 교육운동보다는 내가 입었던 총격에 더 초점을 맞추는 기자들도 있다.

그럴 때면 실망을 맛보기도 하지만 이해는 할 수 있다. 인간이면 갖기 마련인 호기심이니까. 나는 그 사건을 이렇게 생각한다. 그들은 이미 나를 해쳤고, 내게 영원히 지워지지 않을 상처를 남겼다.

그러나 폭력과 비극을 이겨 내는 과정에서 기회가 찾아왔고 나는 결코 그것을 잊지 않고 있다. 그동안 '말랄라 펀드'가 해 왔고, 앞으로도 계속 해 나갈 좋은 일들을 생각하면 더욱 그렇다.

스와트에서 우리는 가정 내 아동 노동으로 고통받는 소녀들을 위한 프로젝트를 시작했다. 우리는 그들이 학교에 갈 수 있도록, 종국에는 독립적으로 생활할 수 있도록 지원하고 있다. 요르단의 아이들에게도 도움을 주고 싶다는 내 소망에 대해 몇 개월에 걸쳐 의논을 한 우리는 요르단에 머물고 있는 시리아 난민들을 돕기 위한 여행을 계획했다. 그들 중 많은 사람들이 벌써 삼 년째 학교 교육을 받지 못하고 있었다. 나는 그곳에서 어린이들을 만났다. 그들은 더러운 옷에 신발도 없이 작은 가방 하나 정도의 소지품만을 가지고 있었다. 결코 잊지 못할 아이들이었다. 이 아이들에게 음식과 지낼 곳을 마련해 주고 교육을 받을 수 있도록 해 주는 것이 우리의 임무였다.

나는 이 세상을 하나의 가족으로 생각한다. 가족 중 한 사람이 힘들게 살고 있다면 우리 모두 협력하여 도와야 한다. 사람들이 나를 지원하겠노라 했을 때 그들은 실은 여성 교육을 지원하겠다고 말한 것이다.

그래서 탈레반은 나를 쏘았던 것이다. 하지만 그들이 쏠 수 있는 것은 한낱 육체에 불과하다. 그들은 내 꿈은 쏠 수 없고, 내 믿음은 죽일 수 없다. 그들은 모든 소년 소녀가 학교에 다니는 것을 목표로 하는 교육운동은 멈추게 할 수 없다.

수많은 사람들이 나를 위해 기도했고, 신께서 나를 살려 주셨다. 내가 여기 이렇게 살아 있는 것에는 다 이유가 있다고 믿는다. 나는 사람들을 돕는 일에 나의 인생을 바칠 것이다.

에필로그

그 수많은 사람들 중 한 소녀

열여섯 번째 생일에 나는 더할 나위 없이 훌륭한 선물을 받았다. 유엔에서 연설을 해 달라는 초대를 받은 것이다. 그해 나는 두 번 뉴욕에 갔었는데 연설이 그 첫 번째 방문이었다. 400명이 참석할 예정이었고, 그중에는 반기문 유엔 사무총장, 전 영국 총리였던 고든 브라운 같은 세계 각국의 고위 관리들, 그리고 나와 같은 평범한 어린이들도 포함되어 있었다. 불과 얼마 전 파키스탄에서 두려움에 떨며 우울하게 보냈던 생일과는 천지 차이였다.

우리 가족이 모두 뉴욕으로 갔다. 브로드웨이에서 뮤지컬 〈애니〉를 보았고, 호텔에서 지냈는데 그곳에선 은쟁반에 피자를 담아 방으로 가져다 주었다. 나는 조용해서 졸리다시피 한 버밍엄과 달리 북적대는 뉴욕이 좋았다. 그리고 〈어글리 베티〉 때문인지 이 도시가 나의 오랜 친구인 것처럼 느껴졌다. 파키스탄에서는 미국은 음울하고 신이 존재하지 않는 곳이라는 말을 많이 들었다. 하지만 내가 이곳에서 만난 사람들은 모두 상당히 친절했다. 나는 어서 모니바에게 이곳 얘기를 하고 싶었다. 뉴욕은 아주 좋은 곳이지만 내가 지금껏 본 어떤 도시보다 더 시끄럽고 사람이 많은 곳이라고. 차들은 쉴 새 없이 빵빵거리고 사람들은 여기저기 바쁘게 걸어 다니고 있다고. 카라치가 아주 발달되면 바로 이런 모습일 거라고!

두 번째 뉴욕 여행에서는 내가 좋아하는 사람들을 만났다. 존 스튜어트라는 사람은 나를 그의 TV 쇼에 초대했고 우리는 나의 첫 책과 말랄라 펀드에 대해 이야기를 나눴다. 그는 내 교육운동을 매우 진지하게 생각했지만, 우스꽝스러운 표정을 지으며 나를 입양해도 되겠냐고 물어보기도 했다. 나는 실제 〈어글리 베티〉의 주인공 배우 아메리카 페라라도 만났는데 몹시 아름다웠다. 버락 오바마 대통령과 그의 가족도 만났다. 나는 그에게 경의를 표했지만, 미국이 무인비행기로 파키스탄을 공격한 일은 잘못된 것이라고 말했다. 나쁜 사람 한 사람을 죽일 때 죄 없는 사람들도 죽게 되며 그러면 테러리즘도 더 퍼지게 된다고. 나는 또 그에게 미국이 무기와 전쟁에 쓰는 돈을 줄이고 교육에 더 많은 돈을 쓴다면 세상이 훨씬 더 살기 좋은 곳이 될 거라고도 말했다. 신이 내게 목소리를 주셨으니 설사 미국의 대통령과 맞서는 의견이라 할지라도 그 목소리를 사용해야 한다고 마음먹었던 것이다.

유엔 연설이 있던 날 나는 정말 기뻤다.

나는 놀라운 경험을 했고, 놀라운 사람들을 만났다. 하지만 나는 여전히 나였다. 큰 소리를 내며 관절 꺾는 것을 좋아하고 그림을 그려 설명하기 좋아하는 한 소녀였다. 파스타를 싫어하고 컵케이크를 좋아하며 늘 어머니가 해 준 밥을 좋아하는, 그러면서도 이제 치즈맛 워치츠 과자와 피시 스틱도 좋아하는 소녀. 밤늦게까지 앉아 물리 시험공부를 하는 소녀. 제일 친한 친구가 화가 났을까 걱정하는 소녀. 다른 소녀와 하나도 다를 것 없는 그런 소녀였다.

그런 내가 유엔에서 연설하는 일이 정말 일어나다니! 정말이지 나의 세계가 크게 변한 것이다.

나는 그날 아침 천천히 옷을 입었다. 내가 가장 좋아하는 분홍색 샬와르 카미즈를 입고 베나지르 부토 총리의 스카프 중 하나를 머리에 썼다. 연설문을 쓸 때 나는 유엔 대표들만을 위한 연설이라 생각하지 않았다. 나는 이 세상 모든 사람들, 내 말에서 용기를 얻고 자신의 권리를 위해 일어설 수 있는 모든 사람들을 염두에 두고 연설문을 작성했다. 나는 내가 '탈레반의 총을 맞은 소녀'가 아닌 '교육을 위해 싸운 소녀'로, 지식을 무기로 삼아 평화를 위해 일어선 소녀로 기억되기 원한다.

나는 연설에서 이렇게 말했다.

친애하는 형제자매 여러분, 한 가지를 기억해 주십시오.

말랄라의 날은 저를 위한 날이 아닙니다. 오늘은 자신의 권리를 지키기 위해 목소리를 높인 모든 여성, 모든 소년, 모든 소녀들을 위한 날입니다. 수많은 인권운동가들과 사회운동가들이 인권뿐만 아니라 교육과 평화, 그리고 평등을 위해 싸우고 있습니다. 그중 수천 명의 무고한 사람들이 테러리스트에게 목숨을 잃었고, 수백만 명의 부상자들이 여전히 고통받고 있습니다. 저는 그중의 한 사람일 뿐입니다. 저는 그 수많은 사람들 중 한 소녀로서 이 자리에 섰습니다.

저는 오늘, 저 자신을 위해서가 아니라 아이들을 위해서 말하고자 합니다. 소리칠 수 있어서 목소리를 높이는 것이 아니라, 목소리를 내지 못하는 많은 사람들의 뜻을 전하기 위해서 목소리를 높이려 합니다. 평화롭게 살 권리, 존엄성을 지킬 수 있는 권리, 평등한 기회를 보장받을 권리, 교육받을 권리를 위해 싸웠던 수많은 사람들을 위해 말하려 합니다.

2012년 10월 9일, 탈레반은 제 왼쪽 이마에 총을 쏘았습니다. 제 친구들까지 총에 맞았습니다. 그들은 총탄이 우리를 침묵하게 할 거라 생각했습니다. 하지만 그들은 실패했습니다. 수천 수만의 목소리가 침묵을 뚫고 터져 나왔습니다. 테러리스트들은 우리의 목표를 바꾸고 열정을 무너뜨리려 했지만 제 인생에서 바뀐 것은 아무것도 없습니다. 변한 게 있다면 나약함과 두려움과 절망이 사라졌다는 것입니다.

나는 여전히 말랄라입니다. 같은 열정, 같은 희망, 같은 꿈을 가진 말랄라입니다. 한 명의 어린이가, 한 명의 선생님이, 한 권의 책이, 한 자루의 펜이 이 세상을 바꿀 수 있습니다.

박수 소리를 들으며 나는 자리에 앉았고, 그때 내 머리에 떠오르는 생각은 쿠샬 학교의 빈 의자들을 향해 선생님 흉내를 내던 꼬마 말랄라에서 내가 참으로 길고 긴 길을 걸어 여기까지 왔구나, 하는 것이었다. 화장실 거울을 보며 연설하던 아이가, 신의 은총으로, 이제 수백만의 사람들 앞에서 진짜 연설을 하게 된 것이다.

언젠가 키를 더 크게 해 달라고 신께 빌었던 적이 있었다. 나는 신이 내 기도에 응답했다는 것을 깨달았다. 신은 나를 하늘만큼 큰 사람으로 만들어 주었다. 너무나 커서 내가 얼마나 큰지 잴 수는 없지만 내 목소리는 곳곳의 모두에게 들릴 수 있다. 나는 내 키를 크게 해 주시면 라카트 나플 기도를 백 번 올리겠다고 약속했었고, 그래서 나는 그 기도를 올렸다. 이 측량할 수 없는 큰 키와 함께 신께서 내게 책임과 재능을 주셨다는 것도 알고 있다. 세상을 더욱 평화로운 곳으로 만들 책임과 그것을 이룰 수 있는 재능을 주셨으니, 나는 매일 매 순간 그 책임을 잊지 않고 살 것이다.

모든 가정, 모든 거리, 모든 마을, 모든 나라에 평화가 있기를,

이것이 나의 꿈이다. 세상 모든 소년 소녀가 교육을 받기를, 학교 의자에 앉아 나의 모든 친구들과 함께 책을 읽을 수 있기를, 이것은 나의 권리다. 모든 인간에게서 진정한 행복의 미소를 볼 수 있기를, 이것이 나의 소망이다.

내 이름은 말랄라다. 나의 세상은 변했지만 나는 변하지 않았다.

감사의 인사

감사의 인사를 전할 사람들이 많다. 우선 나와 내가 하고자 하는 일을 지지해 준 세상 모든 사람들에게 감사하고 싶다. 내가 받은 모든 메시지와 기도에 감사하고 있다.

나는 복이 많아 모든 이의 생각과 표현의 자유를 존중하는 부모님에게서 태어났다. 우리 가족은 내가 걸어온 한 걸음 한 걸음을 함께했다. 아버지는 평화와 교육운동이라는 내 꿈을 격려했고, 어머니는 우리 부녀가 함께 이 운동을 해 나가는 것을 지지해 주었다. 내 동생 쿠샬과 아탈은 비록 내 이름이 세상에 알려졌다 해도 나는 언제나 그들의 누나임을 매일 상기시켜 주었다.

나는 스와트의 아주 훌륭한 학교에서 훌륭한 선생님들과 함께 공부할 수 있었던 것을 영광으로 생각한다. 자신의 재능을 발견하도록, 세계를 탐구하도록 지식을 나누어 주고 가르쳐 준 선생님들의 노고에 감사하고 있고, 늘 감사할 것이다. 새롭게 정착한 이곳에서도 매우 체계적이고 훌륭한 고등학교에 다니고 있고 학교의 많은 사람들에게서 따뜻한 지지를 받고 있다. 선생님(특히 윅스 교장 선생님)과 학생들 모두 나를 환영해 주었고, 새로 전학을 와 어리둥절해하던 나는 잘 적응하며 지내고 있다.

나는 파키스탄과 영국의 매우 훌륭한 병원에서 치료를 받았다. 나를 돌봐 준 모든 의사와 간호사들에게 감사를 전한다. 나도 참을성 있는 환자가 되려고 노력했다.

나는 모니바 같은 절친한 친구가 있다는 것에 감사한다. 모니바는 언제나 내가 나 자신을 믿을 수 있도록 도와주었고 언제나 희망을 보여 주었다.

내 이야기를 사람들과 나눌 수 있는 것 역시 또 하나의 축복이다. 책을 쓰는 일은 도전을 필요로 하는 힘든 일이었지만 많은 고마운 사람들이 있어 가능했다.

그리고 마지막으로, 내 이야기를 읽고 이 책갈피에서 희망과 영감을 얻는 모든 이들에게 감사하고 싶다. 나의 여정이 늘 쉬운 것은 아니었지만 마지막에는 늘 진실과 선함이 이길 것이라 믿었다. 그리고 무엇보다 의견을 말할 기회를 갖지 못한 이들을 위해 내가 대신 말할 수 있었던 것에 감사하고 싶다.

말랄라 펀드에 대하여

세계적으로 수백만 명의 소년 소녀들이 학교 근처에도 가 보지 못하고 있습니다. 여러분과 저처럼 그들도 큰 꿈을 가지고 있고, 그들도 자라서 밝은 미래를 맞이하고 싶어 합니다. 그러나 그들은 보다 나은 삶을 살 기회를 전혀 갖지 못합니다.

저는 여러분과 제가 그것을 바꿀 수 있다고 믿습니다. 우리가 그것을 바꿀 수 있습니다. 그것이 제가 말랄라 펀드를 시작한 이유입니다.

이 책을 쓰는 목적 중 하나가 자신의 목소리를 낼 수 없는 모든 어린이를 대신해 제 목소리를 통해 그들의 꿈을 이야기하는 것입니다. 제 이야기를 통해 많은 소녀들이 자신에게 내재된 힘을 발견할 수 있기 바랍니다. 하지만 제 임무는 거기에서 끝나지 않습니다. 말랄라 펀드는 모든 소년 소녀가 훌륭한 교육을 받을 권리가 있다고 믿습니다.

많은 나라의 경우 하루 1달러만 있으면 어린이가 학교에 다닐 수 있으며, 50달러면 한 아이가 전액장학금을 받도록 도울 수 있습니다. 우리가 관심을 가지기만 한다면 도울 수 있는 방법은 얼마든지 있습니다.

그러니 우리 함께 일어설까요? 학교에 가지 못하고 있는 어린이를 적어도 한 사람은 돕겠노라 약속하면 어떨까요. 주말에 자선 바자회를 할 수도 있을 것이고, 다른 친구들에게 학교에 다니지 못하는 어린이들을 함께 돕자고 요청할 수도 있을 것이고, 아니면 그저 이런 우리의 이야기를 듣지 못하는 사람들을 위해 소리 높여 말할 수도 있을 겁니다.

우리는 함께 모든 어린이들이 학교에 다니고 잠재된 힘을 깨달을 수 있는 세상을 만들 수 있습니다.

malalafund.org/voice에서 우리와 함께할 수 있으며, 말랄라 펀드에 대해서도 자세히 알 수 있습니다.

함께 목소리를 합치면 더 널리 들릴 것입니다.

말랄라 Malala

| 파키스탄, 스와트 지역 주요 사건 연보 |

1947. 8. 14.

파키스탄이 세계 최초로 이슬람교도를 위한 국가로 건국됨

스와트 번왕국은 파키스탄에 병합되지만 특별 지위는 유지

영국은 식민지였던 인도를 이슬람교와 힌두교 지역으로 나누어 각각 파키스탄과 인도로 분리한다. 파키스탄은 인도를 가운데 두고 동파키스탄(현재의 방글라데시)과 서파키스탄(현재의 파키스탄) 두 지역으로 이루어진다. 영국 식민지 시대에도 자치를 유지했던 번왕국의 통치자들은 어느 나라와 통합할 것인지 선택할 수 있었다. 스와트는 계속 자치를 할 수 있을 것이라는 믿음으로 파키스탄과 병합한다.

1947

제1차 인도-파키스탄 전쟁

카슈미르 번왕국은 이슬람교 인구가 대다수였음에도 힌두교 통치자가 이

끌고 있었으며, 파키스탄과 인도의 분리가 진행되는 중에도 독립적인 상태로 남고자 한다. 그러자 카슈미르 내부의 친파키스탄 지역에서 반란이 발생하고 파키스탄군이 이를 지원한다. 이에 카슈미르 통치자는 인도의 무력 원조를 받은 대가로 인도와 병합한다. 두 국가의 군이 카슈미르 지역을 차지하기 위해 싸우다 유엔의 중재를 요청한다. 유엔은 정전을 요구하며 정전 당시 카슈미르 내에서의 인도와 파키스탄군의 위치에 근거하여 통치 영역을 나눈다.

1948

파키스탄 건국의 아버지 무함마드 알리 진나 사망

질병으로 인해 무함마드 알리 진나가 사망하면서 파키스탄은 새로운 국가로 조직되기 위해 필요했던 강력한 리더십을 잃게 된다.

1951

파키스탄 첫 총리 리아콰트 알리 칸 암살

리아콰트 알리 칸은 무함마드 알리 진나와 마찬가지로 파키스탄 건국의 중요한 인물로서 파키스탄이 독립하며 초대 총리가 된다. 무함마드 알리 진나의 사망 후, 그는 중요한 인물들을 중요한 공직에 임명하여 그들과 연합함으로써 국가를 안정시키고자 한다. 그래서 카와자 니자무딘을 총독으로, 말리크 굴람 무함마드를 재무부 장관으로 임명한다. 이러한 시도는 반대 정당들의 반발을 사지만 그는 그것을 달래기보다는 국민으로부터 그 정책에 대한 지지를 얻는 일에 집중한다. 펀자브 주의 라왈핀디에서 선거 유세를 하던 그는 한 집회에서 서북변경주 출신 실업자 청년에게 암살된다. 총독이었던 카와자 니자무딘이 총리가 되고 말리크 굴람 무함마드가 총독으로 임명된다.

1958

파키스탄 첫 군부 쿠데타로 아유브 칸 장군 권력 장악

당시 군 총사령관이었던 아유브 칸 장군이 무혈 쿠데타로 파키스탄의 권력을 장악한다. 정치적 불안이 계속되고 있었기에 국민들은 쿠데타를 환영한다. 아유브 칸은 정치적 불안의 시기에 군이 파키스탄 정부를 차지하는 전례를 만든다.

1965

제2차 인도-파키스탄 전쟁

인도와 파키스탄은 카슈미르 문제 때문에 다시 충돌하게 되고, 유엔도 다시 중재를 요청받는다. 다시 한번 휴전이 제안되고 협상 테이블이 마련된다. 미국과 영국은 유엔 결의안을 지지하며 인도와 파키스탄 두 나라에 무기 판매를 중단한다. 국경을 전쟁 이전으로 돌리기 위한 협상이 진행된다. 인도와 파키스탄은 문제 해결에 무력을 사용하지 않기로 한다. 당시 소련이 이 협상을 조정하며 중립을 지킨다.

1969

스와트가 서북변경주의 일부로 편입, 아유브 칸 물러남

아유브 칸이 여러 가지 이유로 대중의 지지를 잃는다. 엘리트 계층에 유리한 경제 정책을 펼쳤고, 간접투표제를 실시하여 많은 사람들의 투표권을 부정함으로써 민주주의를 제한했으며, 인도와의 전쟁에서도 좋지 못한 결과를 얻었기 때문이다. 그가 사퇴하고 그의 후배이자 군 총사령관인 야히아 칸 장군이 뒤를 잇는다. 계엄령이 선포되고 국회 등의 모든 정부기관이 해체된다. 정부는 스와트의 독립적 지위를 취소하고, 스와트는 서북변경주 키베르 파크툰크와의 행정구역으로 편입된다.

1970

파키스탄 최초 총선 실시

파키스탄 최초의 총선이 실시되어 모든 국민이 선거권을 행사한다. 동파키스탄을 근거로 한 아와미민족당과 서파키스탄을 근거로 한 줄피카르 알리 부토의 파키스탄국민당이 주요 경쟁자였다. 아와미민족당이 선거에서 승리하나, 국민당은 서파키스탄 의석 대부분을 차지한다.

1971

제3차 인도-파키스탄 전쟁, 동파키스탄이 방글라데시로 독립

동파키스탄에 세력 기반을 두고 있는 아와미민족당에게 정부를 구성할 권리가 있었지만 줄피카르 알리 부토는 이에 저항한다. 아와미민족당에 의한 정부는 정치권력을 동파키스탄으로 이동시킬 것이었기에 야히아 칸 장군 역시 부토를 지지한다. 야히아 칸과 아와미민족당 지도자 간의 협상이 결렬되자 동파키스탄에서 항의 시위가 확산되고, 이에 아와미민족당은 서파키스탄으로부터의 독립을 선언한다. 시국 불안이 야기될 것으로 보이자 동파키스탄에 주둔하고 있던 서파키스탄과 연계된 군에 폭력 행동을 진압하라는 명령이 내려진다. 동파키스탄의 새로운 국가 수립을 지지하는 인도가 군을 파견해 아와미민족당을 돕는다. 전투는 카슈미르 분쟁지역을 포함해 서파키스탄으로 퍼진다. 파키스탄 정부가 항복을 하고 동파키스탄은 방글라데시로 독립한다.

1971

줄피카르 알리 부토, 최초로 선거로 선출된 총리에 오르다

인도와의 전쟁에서도 이기지 못했고 동파키스탄까지 잃게 된 야히아 칸 장군이 사퇴하고 부토가 이끄는 민간 정부가 뒤를 잇는다. 부토의 정당은 1970년 총선에서 서파키스탄 다수 의석을 차지한 바 있다.

1977

지아 울하크 장군 군부 쿠데타로 권력 장악

부토의 정책은 인기를 얻지 못한다. 1977년 총선에서는 승리하나 대규모 부정 선거였다는 비난을 받는다. 시국이 불안한 가운데 지아 울하크 장군이 군부 쿠데타를 감행한다.

1979

줄피카르 알리 부토 교수형에 처해짐. 소련 아프가니스탄 침공

부토는 정적을 살해하려 했다는 죄목으로 유죄를 선고받고 교수형에 처해진다. 아프가니스탄은 정부가 이슬람 전통에서 벗어나 현대화하려는 시도를 보임에 따라 이슬람 게릴라 무장 세력인 무자헤딘이 정부에 대항하며 내전의 한가운데 있었다. 소련군이 아프가니스탄 정부를 지원하며 수도인 카불에 진주한다. 공산주의의 확산과 냉전에서의 힘의 균형이 깨질 것을 우

려한 미국이 이 지역에서 동맹을 찾게 된다. 그 결과 미국과 파키스탄과의 관계가 개선되며 파키스탄은 아프가니스탄에서 공산정권 수립을 막으려는 무자헤딘을 지원하는 미국을 돕게 된다.

1988

지아 울하크 장군과 고위 장성들, 비행기 추락 사고로 사망

베나지르 부토, 이슬람 세계 최초로 여성 총리에 오름

지아 울하크 정부는 일반적으로 엘리트 계층과 특히 고위 군장성들을 우대한다. 그러나 그가 임명한 총리 무함마드 칸 주네조가 국내외적으로 그의 정책과 상충되는 정책을 실시한다. 그러자 지아 울하크 장군은 비상사태를 선포하고 정부 해산을 명령한다. 두 달 정도 지난 후 지아 울하크 장군은 정부 고위관료, 군 고위장성들과 함께 비행기 추락 사고로 사망한다. 암살이 의심되었지만 조사 결과는 대중에게 알려지지 않는다. 상원의원장인 굴람 이샤크 칸이 선거가 실시될 때까지 임시 대통령으로 임명된다. 선거에서는 줄피카르 알리 부토의 딸인 베나지르 부토가 이끄는 파키스탄국민당이 승리하여 내각을 구성한다.

1989

소련, 아프가니스탄에서 철수 완료

파키스탄과 미국의 지원을 업은 무자헤딘을 이길 수 없었던 소련군은 아프가니스탄에서 철수한다. 이후 무자헤딘의 여러 파벌이 서로 대립하면서 아프가니스탄은 더욱 불안해진다.

1990

베나지르 부토 정부 해산

굴람 이샤크 칸 대통령은 부패와 무능을 이유로 베나지르 부토 정부를 해산한다. 국회가 해산되고 비상사태가 선포된다.

1991

나와즈 샤리프 총리 집권

1993

나와즈 샤리프와 굴람 이샤크 칸, 군부 압력으로 퇴진, 2차 베나지르 부토 정부 구성

굴람 이샤크 칸 대통령과 나와즈 샤리프 총리 간의 정쟁에 정부 기능이 정지된다. 군이 개입하여 두 사람 모두 퇴진하고, 이어 실시된 선거에서 승리한 베나지르 부토가 2차 정부를 구성한다.

1996

탈레반, 카불에서 권력 장악

아프가니스탄 무자헤딘의 여러 종파간의 내전이 몇 년간 계속된 후, 그중 한 분파인 탈레반이 수도 카불을 장악한다. 그들은 아프가니스탄에 대단히 엄격한 이슬람 율법을 시행하지만 시국을 안정시키는 데 영향력이 있는 것으로 간주되어 부토 정부의 지지를 얻는다.

1996

2차 베나지르 부토 정부 해산

파루크 레가리 대통령이 부패와 국정운영 오류를 이유로 들어 부토 정부를 해산시킨다.

1997

나와즈 샤리프 2차 정부 구성

말랄라, 스와트에서 태어남

두 번째로 총리로 임명된 나와즈 샤리프는 대통령의 정부해산권과 육군참모총장 임명권을 빼앗는다. 이에 그는 보다 안정된 두 번째 임기를 보내게 된다.

1998

인도 핵실험, 파키스탄 핵실험

인도와 파키스탄이 핵무기 확산 방지라는 국제적인 경향에도 불구하고 핵실험을 감행한다. 세계는 두 국가 간의 핵 갈등과 군비 확장 경쟁을 두려워하며 핵실험을 비판한다. 두 국가에 대한 국제 제재 조치가 미국의 주도로 이루어진다.

1999

베나지르 부토와 남편 아시프 자르다리, 부패 혐의 유죄 선고

베나지르 망명, 자르다리 수감, 페르베즈 무샤라프 장군 쿠데타로 집권

베나지르 부토와 남편 아시프 자르다리가 1996년 2차 부토 정부 해산의 빌미가 되었던 부패 혐의에 유죄 판결을 받는다. 5년형과 벌금을 선고받지만 당시 런던에서 머물고 있던 부토는 그대로 망명을 택한다. 부토 오빠의 살

인에 연루된 혐의로 체포되어 구금 상태였던 자르다리는 유죄 판결을 받고 수감된다. 엄청난 반대 여론에 직면한 나와즈 샤리프는 그가 통제할 수 없는 군부가 또 쿠데타를 일으키지 않을까 두려워한다. 그는 육군참모총장인 페르베즈 무샤라프 장군을 더 다루기 쉬운 장군으로 바꾸려는 시도를 한다. 이에 무샤라프는 군을 지휘하여 정부기관들을 장악하고 자신을 최고 통치권자로 선언한다. 무샤라프는 헌법 효력을 중지시키고 정부기관들을 해체한 후 군과 임명된 민간인으로 구성된 국가안전보장회의가 국정을 운영하도록 한다.

2001

알카에다, 미국 세계무역센터와 펜타곤 공격, 미국의 아프가니스탄 폭격 시작

탈레반 정권 전복, 오사마 빈 라덴 파키스탄으로 탈출

파키스탄은 공식적으로는 대테러 전쟁에서 미국과 동맹을 맺고 공조하고 있지만, 아프가니스탄과 국경을 맞대고 있어 왕래가 수월하다는 이유로 무장 세력을 비롯한 많은 아프가니스탄인들이 파키스탄으로 들어온다. 오사마 빈 라덴 역시 이 국경을 넘어 은밀히 파키스탄으로 잠입한다.

2004

파키스탄군 FATA 지역 무장 세력 소탕 작전 시작, 파키스탄 영토에서 미국 무인폭격기의 첫 공격, 자르다리 망명

파슈툰 부족들이 주로 거주하는 북서부의 연방직할부족지역(FATA)은 파키스탄 정부의 개입을 최소한으로 받으며 그들의 전통적인 통치 형식을 유지하고 있었다. 이 지역은 아프가니스탄과 국경을 맞대고 있을 뿐 아니라 문화적으로도 강한 유대를 이루고 있어 알카에다 사람들이 이 지역에 은신하며 공격의 근거지로 삼았다. 파키스탄 정부군은 이들 무장 세력을 제거하기 위해 FATA에 공격을 감행하지만 성공하지 못하고 무장 세력 지도자 네크 무함마드와 협정을 맺는다. 이로 인해 탈레반과의 협상이라는 전례가 만들어지고 역사적인 부족체제가 약화된다. 네크 무함마드는 협상 조건들을 지키지 않는다. 그는 미국 폭격기 공격에 사망한다. 감옥에서 보석으로 석방된 자르다리는 아랍에미리트의 두바이로 망명한다.

2005

마울라나 파즐울라, 스와트에서 라디오방송 시작

파키스탄 대지진으로 7만 명 이상 사망

수피 무함마드가 시작한 이슬람 율법 강화운동(TNSM)은 스와트에서 샤리아, 즉 이슬람 율법을 시행하길 원한다. 수피 무함마드가 감옥에 수감된 후 그의 사위인 마울라나 파즐울라가 TNSM을 이끈다. 그는 불법 라디오 방송국을 십여 개 세우고 방송을 통해 지하드, 즉 성전을 하라고 설교한다. 그는 궁극적으로 파키스탄 전국에 샤리아를 실행하고자 하는 파키스탄 탈레반 조직과 동맹을 맺게 된다.

2007

군부 이슬라마바드의 붉은 사원 공격, 베나지르 부토 파키스탄 귀국, 파즐울라 이슬람 법정 시작, 무샤라프 대통령 스와트에 군대 파견, 파키스탄 탈레반 활동 시작, 베나지르 부토 암살

파키스탄 수도 이슬라마바드의 랄마스지드, 즉 친탈레반 사원이자 마드라사인 붉은 사원의 성직자들은 그들의 목표를 위해서라면 폭력적인 행동까지 부추겼다. 마드라사의 여학생들은 시민불복종운동을 했고, 이러한 공격적인 양상이 인질을 잡는 등 점점 심해지자 경찰과 군은 조치를 취하지 않을 수 없게 된다. 붉은 사원의 성직자와 추종자들과 군이 대치하게 되고, 8일 동안 계속된 대치 상황의 결과로 50여 명의 사상자가 발생한다. 이에 파즐울라는 무기를 들고 군에 항거할 것을 촉구한다. 민주주의 재건이라는 압박 아래에서 무샤라프는 베나지르 부토의 파키스탄 귀국을 허락한다. 부토가 총리가 되고 무샤라프가 대통령으로 연임하여 권력을 유지하는 것으로 두 사람 사이에 합의가 있었을 것이라고 사람들은 믿었다. 부토는 펀자브의 라왈핀디에서 선거 유세 중 암살된다.

2007~2009

탈레반 영향력 스와트 전역으로 확대

붉은 사원 사건에 대한 보복으로 파즐울라는 스와트에서 샤리아를 시행하는 과정에서 폭력적인 공격을 증가시킨다. 2008년 선거 후 이 지역의 평화를 복원하기 위해 탈레반과 파키스탄 정부 사이에 평화협정이 이루어진다. 탈레반은 이 평화협정의 조건들을 지키지 않았고, 파키스탄 정부와 정부군, 일반 시민에 대한 폭력은 계속된다. 정부군이 군사 공격을 실시하지만 상대의 폭력을 가중시킬 뿐이었다. 정부는 스와트 일부 지역에서 샤리아를 시행하는 것에 동의한다. 파즐울라가 휴전을 선언한다.

2008

자르다리 대통령으로 선출, 무샤라프 망명

베나지르 부토 암살 후 실시된 선거에서 파키스탄국민당이 승리한다. 베나지르의 아들 빌라왈이 정당을 이끌고, 남편 자르다리는 대통령으로 선출된다.

2009. 1. 15.

파즐울라, 스와트의 모든 여학교 폐교령

2009. 2.

파키스탄 정부, 탈레반과 평화협정 체결

〈뉴욕 타임스〉, 〈수업 끝〉이라는 제목의 다큐멘터리 방송

스와트 지역에서 군사행동이 실패하고 오히려 폭력이 증가하자 정부는 탈레반과 또다시 평화협정을 맺는다. 정전에 대한 대가로 이 지역에 샤리아를 시행하게 된다. 실질적으로는 탈레반이 이 지역을 통제하는 것을 의미한다. 한 달 앞서 촬영된 〈뉴욕 타임스〉의 다큐멘터리는 카메라로 말랄라와 말랄라의 아버지를 뒤따르며 여성 교육 여건을 개선하고자 하는 그들의 열정과 함께 스와트가 직면하고 있는 테러의 위협을 보여 준다. 이 다큐멘터리는 이 문제에 국제적인 관심이 쏠리는 계기가 된다.

2009. 4.

탈레반의 스와트 장악, 협정 파기

파즐울라는 협정 조건을 파기하고 세력을 넓혀 간다. 탈레반은 스와트의 중심 도시 밍고라를 장악한 후 부네르와 샹글라까지 손에 넣는데, 이들 지역은 파키스탄 수도인 이슬라마바드에서 매우 가까운 지역이다.

2009. 5.

파키스탄군 스와트 탈레반 소탕 군사작전 시작

말랄라와 말랄라의 가족을 포함 80만 명이 스와트를 떠남

수도 이슬라마바드가 위협을 받게 되자 정부군은 스와트에서 단호한 조치를 취하게 된다. 스와트 인구의 삼분의 이가 고향을 떠난다.

2009. 7.

파키스탄 정부, 스와트 탈레반 완전 축출 선언

군사작전으로 스와트에서 탈레반이 축출된다. 마울라나 파즐울라는 피신한다.

2009. 12.

오바마 대통령, 아프가니스탄에 3만 3000명 추가 파병 발표

NATO 총 병력 14만 명으로 증가

2010

홍수로 파키스탄 전역에서 2000명 사망

파키스탄 역사상 최악의 홍수가 발생한다. 2000만 명이 피해를 입고 국토의 5분의 1이 침수된다.

2011

펀자브 주지사 살만 타시르 암살, 아보타바드에서 오사마 빈 라덴 사살

말랄라, 파키스탄 평화상 수상

살만 타시르가 자신의 경호원에 의해 암살당한다. 경호원은 타시르가 파키스탄의 신성모독법에 반대한 것에 분노하여 행한 일이라고 말한다. 이는 파키스탄 내 비이슬람공동체에 대한 불관용을 보여 주는 것이었기에 국제적인 공분을 야기한다. 오사마 빈 라덴이 키베르 파크툰크와의 아보타바드에서 미국의 군사작전으로 사살된다. 미국이 파키스탄 영토를 급습한 것과 빈 라덴이 파키스탄에 살고 있는 것을 정보부에서 감지하지 못한 것에 대해 파키스탄 정부는 많은 비판을 받는다.

2012. 10. 9.

말랄라, 총에 맞음

말랄라와 가족에 대한 위협이 증가하는 중에도 말랄라는 계속해서 쿠샬 학교에 다닌다. 10월 9일, 말랄라는 학교 버스에서 총을 맞았고, 함께 있던 다른 여학생 두 명도 총상을 입는다. 탈레반이 자신들이 한 일임을 인정한다. 세 소녀 모두 생존한다.

2013

무샤라프 체포됨, 탈레반 폭력에도 불구하고 선거 실시

나와즈 샤리프 선거에서 승리, 세 번째 총리직에 오름

무샤라프가 집권 당시의 권력 남용으로 체포된다. 사법부 공직자들의 불법 구금도 혐의에 포함된다. 그 이전의 군 지도자들에게는 집권시 했던 행동에 대해 책임을 묻지 않았기에 그의 체포는 파키스탄 문화의 결정적 변화를 보여 주는 것이다. 민주적 선거로 구성된 정부가 임기를 다한 후 민주적으로 선출된 정부에게 권력을 이양하는 일이 파키스탄 역사상 처음으로 이루어진다.

2013. 7. 12.

말랄라, 열여섯 번째 생일에 뉴욕 유엔 본부에서 연설, 어린이들을 위한 무상교육 촉구

영국 버밍엄에 정착한 말랄라는 그곳에서 학교에 다니며 세계 각국 어린이들을 위한 교육운동을 계속하고 있다.

옮긴이 **박찬원**

연세대학교와 대학원에서 불문학을, 이화여자대학교 통번역대학원에서 한영번역을 공부하고 다양한 분야의 책을 우리말로 옮기고 있다. 옮긴 책으로 『우리는 난민입니다』 『어린이를 위한 나는 말랄라』 『나는 말랄라』 『아르카디아』 『지킬 박사와 하이드』 『벤자민 버튼의시간은 거꾸로 간다』 『거대한 지구를 돌려라』 등이 있다.

청소년을 위한 **나는 말랄라**

1판 1쇄 2014년 10월 6일 | 1판 22쇄 2023년 10월 30일
지은이 말랄라 유사프자이 · 퍼트리샤 매코믹 | 옮긴이 박찬원
책임편집 엄희정 | 편집 서정민 이복희 | 디자인 이지선
마케팅 정민호 서지화 한민아 이민경 안남영 왕지경 황승현 김혜원 김하연 김예진
브랜딩 함유지 함근아 고보미 박민재 김희숙 박다솔 조다현 정승민 배진성
저작권 박지영 형소진 최은진 서연주 오서영
제작 강신은 김동욱 이순호 | 제작처 영신사

펴낸곳 (주)문학동네 | 펴낸이 김소영
출판등록 1993년 10월 22일 제2003-000045호
주소 10881 경기도 파주시 회동길 210
전자우편 kids@munhak.com 홈페이지 www.munhak.com
카페 cafe.naver.com/mhdn 북클럽 bookclubmunhak.com
트위터 @kidsmunhak 인스타그램 @kidsmunhak
대표전화 (031)955-8888 팩스 (031)955-8855
문의전화 (031)955-3576(마케팅) (02)3144-3236(편집)

ISBN 978-89-546-2606-4 03840